性義工

河合香織 著　郭玉梅 譯

推薦序一

也是一種社會基礎建設

郝明義

我第一次知道有專門對身障者提供性愛服務工作這回事，是看《鐵肺人生》（Breathing Lessons）這部紀錄片。

這部電影是一位美國華人虞琳敏（Jessica YU）導演的，得了一九九七年奧斯卡最佳紀錄片。片子讓我見識了美國社會如何在八十年代，就重視對待「身障」的文化——其中包涵了硬體與軟體的文化——設計了各種可以讓身障者「自在」地生活的環境。

《鐵肺人生》紀錄的，是一位極為嚴重的小兒麻痺症患者馬克．奧布萊思（MARK O'BRIEN）。小兒麻痺症的患者，都有脊椎受損而扭曲變形的問題，但馬克的脊椎嚴重扭曲變形到難以自行呼吸，必須置身於一個圓桶形的「鐵肺」才能生存。

馬克如此自述，「多數這類病人的情況並不太嚴重，可是有些人，比如我的情況就很特殊，事實上已經嚴重到了四肢癱瘓，離開這個機器就無法獨立呼吸的程度。我可以離開它一小時左右，但大部分時間我是在鐵肺裏度過的。」

但是馬克這位躺在「鐵肺」裡的人，卻就讀柏克萊大學，利用電動輪床（因為他坐不起來沒法坐輪椅）就可以自行活動的校園環境，完成了他的學業，進而在畢業之後，成了記者兼詩人。（想多知道這部電影相關資料，可洽廣青基金會，我是在他們辦的「圓缺影展」中看的。）

但我印象最深刻的，是美國在八十年代就有Sex Surrogate（性輔導師），可以幫助馬克面對他對性的焦慮與問題。「性輔導師」都受過特別訓練，經過心理醫師的「處方」後，可以為重度「身障」的人進行包括性交在內的服務，但以八次為限——以免和被輔導者產生感情糾葛。

看過電影後，我上網想了解進一步的資料，查到馬克後來寫了一篇文章〈我見性輔導師的經驗〉（On Seeing a Sex Surrogate）。那篇文章很仔細地描述了他如何透過按次收費的性輔導師，有了生平第一次和女性裸裎相見的機會，又如何在歷經四次之後，才終於真正體會到性交。身障嚴重如他者，在這個過程裡的心理，以及一位性輔導師的工作內容，都被仔細地記錄了下來。

不論馬克本人在這個過程中的心情如何波濤起伏，光是看美國社會能為「身障」者設想得如此週到，不僅可以讓他有便利的環境完成學業，還有「性輔導師」的設計，不能不由衷佩服。

◎

馬克在《鐵肺人生》裡還說了一句話，也讓我學到很多。

他說：“Disabled” dosn’t mean “Handicapped”（Disabled並不等同Handicapped）

Disabled和Handicapped在英語世界裡都蠻常見的，即使我自己也是個小兒麻痺症的患者，以前也沒有注意其中的差別。聽了馬克的話，查了一下字典（劍橋大學在網路上的Cambridge International Dictionary），發現大有不同。

Disabled指的是「欠缺某種肢體能力」。

Handicapped指的是「經由先天、意外或疾病而導致的一種心理或生理情況，因這種情況而使得日常起居要比沒有這種情況的人困難一些。」

換言之，Disabled只是一種事實陳述，陳述「欠缺某種肢體能力」；Handicapped則強調「日常起居要……困難一些」。

在台灣，Disabled和Handicapped，我們一不小心就容易一律翻譯為「殘障」這種說法。但是即使生活重度不便，必須以「鐵肺」為生的馬克，還這麼注重Disabled和Handicapped的差異，主張Disabled並不等同Handicapped，值得我們注意。

是的，Disabled也許相當於Handicapped，也許不是。其中的差異，就是看一個社會為Disabled的人設計、準備的工作、生活環境，基礎建設，究竟如何。如果這個社會環境與基礎建設，可以讓一個即使是Disabled的人也可以很方便地工作、生活，那麼他就可以離Handicapped遠一些；否則，當然Disabled也就等同於Handicapped了。

回頭再看看我們的社會。記得三十多年前剛來台灣的時候，還很多人把英文裡的Disabled或Handicapped，都叫成「殘廢」。今天，法定的稱呼雖然改為「身心障礙者」，但是一般最普及使用的說法，卻還是「殘障」。至於如何區分Disabled與Handicapped之意義的差別，當然就更不是我們注意範圍所及的了。

◎

這麼看，也就知道《性義工》這本書裡所記錄的人與事，到底是什麼意義了。

其實，不過是在記錄日本和荷蘭兩個社會裡，有一些人在幫助Disabled的人，提供他們一些服務，讓他們在性生活上不致於直接等同於Handicapped。如同書裡所提到的，一般人也許不會想到，「身心障礙者」怎麼也有性的需求與能力，但馬克的話讓我想到，很有趣也很諷刺地，正是在性這件事情上，才真正可以說明"Disabled" doesn't mean "Handicapped"的道理。是啊，欠缺某種肢體能力，怎麼能等同於說他／她在性生活上一定困難呢？在性生活上有障礙，但是卻毫不欠缺肢體能力的例子，可是所在多有。

《性義工》裡的人，許多並不是馬克所談到的「性輔導師」，然而不論是完全做義工的家庭主婦，或專門為身障者所服務的性工作者，都是在為肢體上Disabled的人，提供一種社會的基礎建設，讓他們的生活儘量免於Handicapped。這種基礎建設，和建築物的階梯旁需要架一個坡道，大樓裡需要有輪椅方便進出的洗水間，沒有什麼不同。

然而，看這本書也可以感受到，即使在日本和荷蘭，這些性義工或收費服務者，仍然遭遇到的龐大壓力。但也就因為壓力大，所以又特別讓人感受到這件事情應該事屬社會的基礎建設——否則，荷蘭也不會有三十六個市政府為Disabled的人一個月支付三次性愛費用的社會福利了。

當然，在台灣，連我們引以為傲的世界最高樓一〇一大樓，都沒有方便輪椅進出的洗手間（到二〇〇七年十一月的現況），要談這些社會的基礎建設，畢竟太遠了。

也因為太遠，所以寫了這篇文章來介紹這本書。

（本文作者為大塊文化出版公司董事長）

推薦序二

重新定義「性・愛」的真諦

林燕卿

在人生的階段中，有著幼兒對性的探索，青少年對性的憧憬，中老年時對性的實踐。在「性」的人生裡每個人都賦予了快樂、親密、分享、歸屬及權力的運作，然而「守貞」的教條捆綁著身心殘障的一群，他們可能一生中沒有「互愛」的經驗更遑論對「性」的享受。仔細翻閱每一段事實時，連自己也被震懾，從這裡我看到他們對「性」的執著及執行「性交」時的困境，不論這對他們有多困難，窮其一生，他們都未曾放棄，這是多麼令人動容的一刻。

這些的照顧者，體貼地帶他們尋求性愛或政府單位提供性愛的津貼的情景，讓我深刻地回憶，在台灣性學會及樹德科技大學人類性學研究所合辦的三場「老人性教育工作坊」時，曾有不少老人告訴我，他們的健康政府照顧到了，然而他們更想快樂地活著，因此期待政府能給予「性福」的津貼，當場引來哄堂大笑，但在這笑聲裡，我聽到他們贊成的聲音。我也一次次不斷地提醒這些照顧機構的負責人，開闢獨處室，讓這群有病或無病的老人有「自我娛樂」方便的地方。

現在再讀這本《性義工》的內文時，更深深覺得應該讓普世人了解「人人的性權都應是平等的」，不應該有偏見及貼標籤，使每一個人都能享有「性愛相隨的一生」，如果性愛無法合一，

「性」與「愛」哪一種為選擇，應用在哪一種階段，應都是被允許的。

大多數人的利益為主導的社會，常常忽略、漠視了少數人的利益，《性義工》之閱讀，讓我們了解彼此，更從行動、態度改變原生僵著的想法，重新定義詮釋「性、愛」的真諦，這是我想和大家分享及推薦這本書的所在。

（本文作者為樹德科技大學應用社會學院院長兼人類性學研究所所長）

推薦序三　如何更全面幫助身心障礙者

涂心寧

「身心障礙者也想談戀愛，身心障礙者也有性慾」，但社會大眾對於身心障礙者有這樣的需求，卻不太重視！或許是礙於法令或者社會氛圍，目前台灣社福工作都還未深入觸及這個領域。不論是身心障礙者或身體健康者，「性」是生活的根本這句話，似乎是很合理，但是「性」對於身體健康的人來說，都已是個難以啟齒的話題；對身心障礙者而言，那更是「當然」被忽略了！更不用談能有幫助身心障礙者的性愛照護服務。本書作者河合香織透過與書中人物的實際接觸及訪談，了解有更多身心障礙者可能終其一生從未向照護者甚或另一半表達自己的性愛需求，經由作者親自深入採訪了日本與荷蘭的身心障礙者生活，期望能從中發現真實存在的性愛想法，也將荷蘭的做法披露予社會，不啻是替身心障礙者大大的發聲，也讓從事社福工作的我們能有所省思。

我從事社福工作十二年，記得十二年前，開始接觸到第一位身心障礙者，其實不像旁人所認定的可怕，相反的卻能從其中看到真切的普世價值，這是一份充滿挑戰、愛與關懷的工作，十二年來從事照護身心障礙者的工作也不斷想突破，想以「新思維」關懷協助周遭的身心障礙者。

今年，在臺北縣從事居家照顧服務的組織，已將有關老人性教育的課程，放入居家服務員聯合訓練的課程裡，讓在這領域服務的人員有另一番認知，不再逃避而選擇面對，這是一個很好的開端。

本書是第一本關心身心障礙者性愛與照護問題的報導文學，作者用詳實的筆觸，忠實呈現身心障礙者性的需求及追求的勇氣，以及目前其他國家社福團體的經驗。相信經由這本書可拋磚引玉，讓社會正視身心障礙者性的權利，讓更多社福工作者省思如何更全面幫助身心障礙者。

（本文作者為臺北縣身心障礙者福利促進協會總幹事）

目錄

セックス 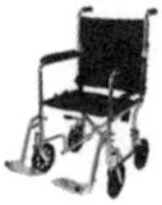 ボランティア

序章

畫面的另一端

「宅」的入口，就只是一捲錄影帶。

基於保護個人隱私，這捲帶子只有幾支拷貝，現在也僅限少數人擁有，而且數量也不會再增加。

當時我剛開始蒐集有關身心障礙者性愛方面的資料，而且就在盲人摸象的狀況下，踏進居住在神奈川縣川崎市的一名男性身心障礙者家中，他今年三十二歲，獨居在離車站約二十分鐘路程的公立住宅一樓。

「請問你對身心障礙者的『性事』有何看法？」

聽到我的問題，他面露微笑。

「我有一個很有趣的東西。」他移動電動輪椅，用殘障的手忙著播放錄影帶。

整個屋子就只有我們兩人，屋外靜悄悄地下起雨來。

他按下錄影帶，但是螢幕中一片靜謐。

晃動的鏡頭在不利移動的走廊中移動，接著進入某個房間，迎面看到的是一個方格子拼布窗簾，鋁製水壺旁邊放了一個電熱水瓶，牆上掛著一幅和屋內氣氛不太協調的凱蒂貓月曆。接下來，鏡頭出現一位坐在輪椅上的老人，輪椅後面還掛著兩瓶氧氣瓶，氧氣瓶的管子連接到老人的喉嚨，整個畫面都是黑白的。

在白色的背景上，出現了一排字幕。

——竹田芳藏

——六十九歲

——身體殘障程度一級

——日本國有鐵道旅客運費優待第一種

——腦性麻痺所引起兩個上肢殘障（日常生活無法自理）

——移動機能障礙（無法步行）

——氣切，必須隨時使用氧氣瓶，還有語言障礙

老人似乎無法說話，他的語言化成字幕從螢幕流洩出，他開始「侃侃而談」他的性史。

〈開始意識到性這回事，應該是從我開始長毛的時候。〉

〈我不想一輩子都當處男，所以我去過色情店。〉

那是一張滿佈皺紋的臉，表情有點抑鬱，瞇眼微笑的樣子有點童稚的感覺，沒想到這樣的他也曾去過吉原（東京都台東區千束）的土耳其浴色情店。

〈我想表現我的男子氣概。〉

〈一開始我就猛舔猛摸她的大奶。〉

〈還把手指插入她的洞，這是我的絕招。〉

〈我的腰不能動，就讓她跨坐在我的上面，由她上下抽動。〉

〈大概挺了五分鐘，不過，兩小時內來了三次。〉

以上是他的「說法」。

聽著他生澀的告解，我卻感受不到絲毫的真實感，可能是因為寧靜的黑白畫面造成的！我實在無法把重度殘障又加上年老體衰的他，和他對「性」如此執著的態度連結在一起。

其實，我也知道即使是高齡者，即使是身心障礙者，依然有性慾，但是，一位身心障礙者活生生的在你面前高談闊論「性」這件事，對我而言還是第一遭。

整個畫面呈現靜止狀態，同時出現老人的獨白。

〈讓我最感放鬆的時刻，就是看色情錄影帶時。〉

〈我每個月購買五捲錄影帶，一支五千日圓。〉

〈大前年之前，我的左手還可以動，所以還能夠手淫。〉

〈但是現在，我的手已經無法伸直，就辦不到了。〉

錄影帶裡的人物似乎正在嘲笑我的無知。

突然間，老人掀開上衣，露出他的性器官，鬆弛的腹部若隱若現。他好像正在看色情錄影帶，彎曲的左手拚命想往前伸，卻無法如願，食指幾乎勉強可以抵達目的地，卻還差那麼一點距離，根本觸摸不到。他的性器官依然在原地保持堅挺。此時，畫面出現氧氣瓶的管子。

接下來，畫面出現了更不堪的景象，那位年輕的攝影者就在此時伸出手，緩慢的上下搓動他的性器官。

就這樣，老人的表情和搓動性器官的畫面交互呈現在螢幕上，不久，老人伸出舌頭，似乎極力想抑制住自己的快感。

我非常不想看到硬挺的男性性器官，更何況這個錄影帶中的老人是一位身心障礙者，更何況他想手淫卻又無法辦到，更何況是一位可以當他孫子的年輕人幫助他達到快感……，這一切的一切，實在太殘酷了。

再者，我突然警醒到和我獨處在這個屋內的，是一位素昧平生的男子，他正用眼睛的餘光試探我的反應。

這種令人屏息的時間還要持續多久呢？

畫面中的老人使出最後一道力氣，終於射精了，白色液體宛如噴水一般向前噴了出去。

鏡頭以仰角捕捉老人害羞的笑臉，這時候，畫面中首次流洩出聲音。

「Hi……Ha……Hi……」

老人好像想說些什麼，卻發不出聲音，只從空氣中流洩出這種聲音。

這時候，畫面中又出現字幕。

〈真舒服，手淫還是有用的，完全不需要說什麼。〉

整個錄影帶結束後，我和那位身障男子完全靜默無語，整個屋子充斥著雨水打在柏油路上的刺耳聲。

這捲錄影帶是二〇〇一年美術大學的一位應屆畢業生製作的畢業作品。

後來我也有機會見到這個學生，他是一位身材瘦高、膚色白皙又沈默寡言的年輕人，當時他決定以身心障礙者的性愛做為畢業主題。但是，當他前往療養院洽談時，不論職員或身心障礙者都嚴詞拒絕。

「沒興趣！」

「你一個人有什麼作用！你可別以為這件事很好玩！」

「你做這種事究竟有什麼意義！」

總之，他吃了多次閉門羹，甚至多次前往療養院洽談，也不斷修改他的企劃書，依然沒有下文。就在心灰意冷時，遇到竹田先生，當時沒有一位身心障礙者理會他，只有竹田答應幫忙。談到這件事，至今仍讓他非常亢奮。

「為什麼你會想拍這個主題？」我問。

「或許我可以給妳一個理直氣壯的理由，但是，老實說，其實連我也不知道該如何回答這個問題，大概只能說我是被某種東西觸動了吧！」

和他碰面那次，他正忙著找工作。他希望到電視公司上班，專門拍攝紀錄片。某次應徵時，他和面試人員提到自己的畢業作品，並吞吞吐吐提出自己的看法：

「我……我覺得我們應該重視身心障礙者的性問題……」

結果，他並沒有獲得這個工作。

和我一起觀看錄影帶的身障男子，就是介紹竹田給這個學生的人。
看完錄影帶，我立刻起身告辭。走到屋外，雨勢更猛，風雨交加迎面而來。
事後我才知道，原本他們約好不讓錄影帶外流，結果這名身障男子卻毀約讓我觀看，所以竹田身邊的人非常不諒解。
為什麼他願意讓我看這捲錄影帶？他要告訴我什麼？此外，竹田究竟是居於什麼理由，願意拍攝這捲錄影帶？
「我們有太多難以啟齒的禁忌，我想把我自己留給可以超越這些禁忌的人，這是我昨天晚上想到的……」竹田在錄影帶中「說」了這句話。
我是自由作家，專門為週刊或月刊雜誌書寫有關生活資訊或名人專訪之類的稿子，所以我的稿子非常隨興，不必為了一個專題就絞盡腦汁，大不了就是寫一些做為下週或下個月雜誌充版面用的稿子。因此，並不需要針對身心障礙者或社會福利方面的問題做為採訪主題。
但是，讓我好奇的是，這個社會上一直漠視身心障礙者的性問題，甚至視為一種禁忌，然而又將身心障礙者的愛情視為一樁值得褒揚的美談，這種錯亂的對待方式，正是我內心最大的疑問。
幾天之後，我前往東京郊外的身心障礙療養院，為的是和竹田見上一面。在這個綠意盎然的小鎮，許多醫院和療養中心設在這裡，道路兩旁是綿延不斷的櫻花樹，花瓣像雪花一般飛舞在空中。

老實說，我的內心非常忐忑不安，因為我不知道竹田究竟是一個怎樣的人？

我在這個療養院的某間房中等待，這時，輪椅從地面滑過的聲音逐漸向我靠近。我緩緩回頭，映在眼裡的是初次見面的竹田，安詳的表情裡卻可以感受到他已經決定接受我的一切問題。

這就是一切的開始。

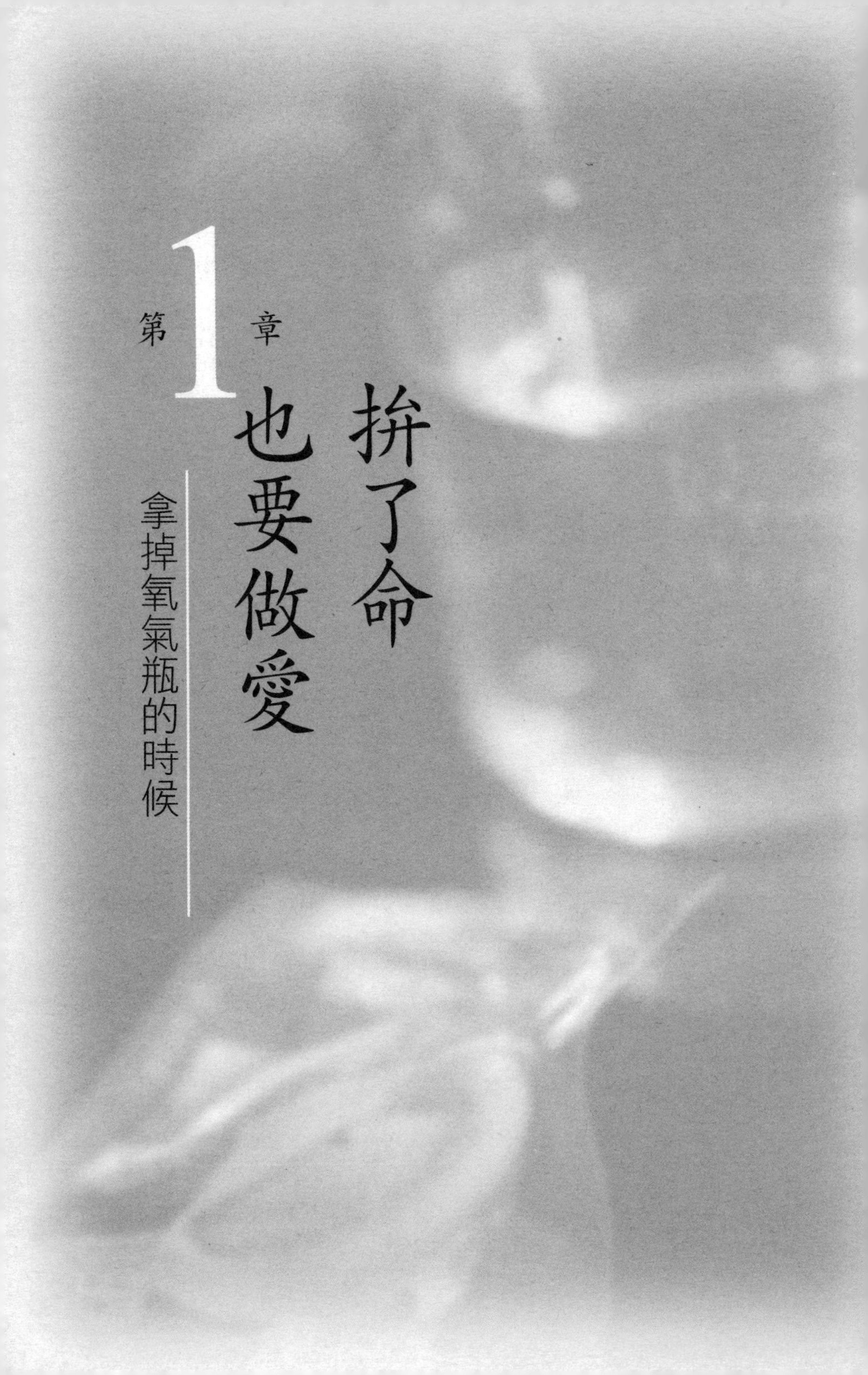

第1章

拚了命也要做愛

拿掉氧氣瓶的時候

四

周飄散著消毒水的味道，在這十個榻榻米大的屋子裡，前面是木質地板，最裡面大約鋪著三個榻榻米，有在一般辦公室常看到的灰色櫃子，上面放了一只尿瓶。

竹田先生在這裡住了將近三十年，他事先準備了一個字盤（譯註：字盤是一種可以按下日文字母，一字一字組合成句子的表達工具），把他想說的話都打在字盤上。

〈雖然我的手腳不能動　但是只要我還有男人該有的慾望　只要在經濟許可的範圍內　做這種事可以讓我紓解壓力　讓我抱持希望活下去　我覺得這件事很有意義〉

竹田無法發出聲音。

他曾經接受過三次氣切，喉嚨開了一個洞，由這裡吸入氧氣，而且每隔一個半小時就必須抽痰與更換氧氣瓶，這幾乎是他生活的全部。他想說話的時候，也只能聽到嘘─嘘─的喘氣聲。我曾經數次把臉湊近想聽出他說什麼，卻完全聽不懂。所以，我們後來決定利用輪椅上的字盤來進行對話。但是，他的手完全不聽使喚，一直不停抖動，很難正確指到他想表達的字母，甚至光是把手指指向字盤上的一個字母，就必須耗費數分鐘，所以，要湊成一段文章需要花費更多時間。不過，我還是決定要從竹田的一字一句當中，「聽聽」看他的性經驗。

竹田五十歲的時候，第一次和女性做愛。當時他徘徊在紅燈區的小巷，問過十五家色情店遭拒之後，到了第十六家終於有人肯接納他。根據竹田先生的說法，他不希望自己一輩子都沒有接觸過女性，這樣會讓他含恨而死，所以，才央請療養院的職員帶他逛色情店。

接待他的是一位年約二十四歲的女子，第一次親眼目睹女性身體，竹田只能用「美麗」兩個字來形容。但是，對方看到他的身體時，一開始是露出害怕扭曲的神情，緊接著轉變成哀怨的眼神。當時，竹田恨不得地上有個洞讓他鑽進去，他後悔得想「拔腿就跑」，但是又怕對不起偷偷帶他出來嘗鮮的工作人員，最後只好讓這件事繼續往下發展。

「第一次做愛的感覺是什麼？」我問。

字盤上出現他的回答。

「她……肯……讓我……放進去（性器官）……其實是同情……」

就在此時，竹田的臉上呈現出扭曲的表情。

他進去的這家店，店名是Fashion Health，本來是以性愛按摩為主，並不提供性交服務。但是，據說這名女子同情他是身心障礙，所以同意讓他把陽具插入她的體內。竹田雖然覺得恥辱，卻抗拒不了初次接觸女性身體的誘惑，因為這讓他回憶起年幼時期被母親揹在背上的溫馨感覺。

現在，竹田從政府補助的殘障津貼當中省吃儉用，每到過年或生日，他就會前往吉原的土耳其浴，讓自己「快樂」一下。

對於整天二十四小時都必須隨侍在側的兩支氧氣瓶，竹田也決定在這寶貴的時間裡，暫時取下。因為在兩小時的「做愛期間」，這兩支氧氣瓶實在礙手礙腳。

「呼吸……很痛……苦……但是……像孩子一樣……搓弄大奶……很爽……」

「這樣可能會死掉的！」我說。

「那就算了……做愛……才是最重要的……不能……丟掉……生活的根本……」

竹田芳藏是櫪木縣人，出生於一九三二年（昭和七年），一出生就罹患新生兒黃疸，並被診斷出腦性麻痺。從小就手腳殘障，上面有一個姊姊、一個哥哥，他是最小的兒子。當他在母親肚裡九個月大的時候，父親就因病去世。

竹田的人生是由戰爭揭開序幕，因為昭和是一個大動亂的時代。

一九三七年七月，他們全家跟隨姨媽遷往中國大連。竹田一家抵達大連後，首先映入眼簾的就是數百人在滂沱大雨中擠在馬路上動彈不得。就在那個月，發生了蘆溝橋事變，從此就是長達八年的中日戰爭。

竹田殘障的身軀，讓他無法到學校上課，他是靠著哥哥姊姊的課本，自己苦讀識字。當時，全日本只有一間專為身心障礙者開設的專門學校，所以，身心障礙者接受教育的機會可以說少之又少。更何況，當時還傳出駭人聽聞的消息，聽說一群軍人佔領了那所學校，而且還在學校裡面遍撒劇毒氰酸鉀。

在那個不工作就沒有吃飯權利的時代，更沒有人會關心到身心障礙者的立場了！

在大連落腳後的第四年，發生了珍珠港事件，立刻掀起漫天戰火。竹田的哥哥被編入距離大連大約七個小時車程的奉天部隊，最後戰死在南方。竹田永遠忘不了的是，哥哥在出征前一天，找他一起洗澡。

「我要幫你好好洗乾淨，因為明天就要分開了！」哥哥說。

竹田從未見過父親一面，所以，他一直把哥哥當做父親看待。

後來，戰爭結束了。那一天，藍天橫跨整個大連，熱得讓人幾乎中暑，但是，更讓人害怕的還在後面。

「蘇聯攻打過來了！」

「他們專殺女人和孩子！」

「男人全會被帶去西伯利亞！」

總之，滿天飛竄的謠言讓人心驚膽戰，許多女人紛紛理一個大光頭，希望能藉此避難。侵略者也入侵竹田家，把全家家當和哥哥的遺物全部一掃而光，行動不方便的竹田當時也深怕自己將遇害。

戰爭結束後的第二年，也就是一九四七年一月，竹田先生和母親、姊姊三個人，終於可以離開大連。出發當天，他們手提行李走到屋外，發現外面是一片雪茫茫的銀色世界。據竹田說，冬天的大連氣溫通常會降到零下十度到十五度。

他被母親揹在背後，雙腳凍到發紅，走到集合的小學時，現場已經聚集二千人以上，然後又從學校走了五公里，抵達一處倉庫，在這裡苦等五天，終於可以登船。他們被分配到一個只有兩個榻榻米大的空間，高度也只有一公尺左右，實在容納不下三個人和三件大行李，所以，只好輪流睡覺。航行途中，許多幼童不耐長途奔波而死，也只能草草收拾採取水葬。經過五天的航行，船隻終於抵達日本的佐世保，第二天清晨，兩艘小船前來迎接。

「各位撤退的同胞們，這段期間辛苦您們了。」

當船上傳來一陣女性的廣播聲時，從船上的各個角落紛紛傳出啜泣聲。不久之後，船上的行李被撒上大量DDT白粉，據說是消毒用的。

後來，竹田一家人輾轉住過幾處暫時收容所，最後住進分配到的「東京撤退者國宅」。這是一處窄小公寓，沒有榻榻米，也照不到陽光。竹田無法外出，整天都待在暗無天日的小屋裡。

在東京住了七年，某一天，竹田突然發現母親頭上竄出許多白髮，於是，他下定決心要離開家裡。二十四歲時，他先住進東京小平醫院，二十四個人住在同一個房間。為了恢復身體機能，他接受過九次手術，並且換住過多間醫院和身心障礙醫療中心，甚至曾經因為嚴重肋膜炎而開刀，也曾經因為咯血而住進肺結核專門醫院。一九九〇年，終於因為接受氣切（切開氣管）而失聲。有一段時間，他曾對他的殘障人生感到極度絕望而整天酗酒。

他在這個身心障礙醫療中心已經住了將近三十年，母親死於四十年前，生前曾經對他說過：

「身心障礙者沒有戀愛的權利！」

唯一的親姊姊現在居住在千葉縣的老人之家。

＊

即使是上色情店，竹田也無法獨自成行，有幾位免費義工願意帶他去。佐藤英男是其中一位，他是竹田居住的身心障礙療養院的社工人員，今年四十五歲，有個和藹可親的圓鼻頭。

帶竹田外出要冒很大的風險，但是，佐藤卻很不以為然。

「萬一發生什麼意外，當然必須由我負全責，但是，為什麼我還願意這麼做呢？因為這件事讓我感到快樂。這些對自己毫無自信的身心障礙者，在走出那道門之後，個個都顯得神采飛揚，光是看到他們的表情，就讓我非常感動。」佐藤說。

他不僅要幫助身心障礙者在色情店移動身子，還必須幫他們脫衣、洗澡，在身心障礙者「做愛」時間，他就在會客室等，等到完事之後，才把他們帶回去。由於每一個「做愛的動作」都相當耗費時間，所以，通常必須花費較高的費用。

有時候，佐藤甚至必須充當身心障礙者的「手」，幫助他們手淫。

「這種事只能做不能說。當我幫助身心障礙者手淫時，有時候現場也會有其他人，所以，其實也沒什麼。」

我一直認為，男人幫助男人手淫，是一件非常難堪的事，但是，佐藤似乎並不這麼認為。

「其實這根本不算什麼，可以說是小事一樁。」佐藤說。

或許是因為佐藤對這種事抱持自然的態度吧！許多身心障礙者遇到開不了口的性愛問題時，他們都會找佐藤諮商。

不過竹田願意讓佐藤帶他到色情店，卻不會開口請佐藤幫他手淫。這是為什麼呢？

竹田曾經在錄影帶中說過一句話：

「接受他人的看護與協助，對我來說是最大的屈辱，不過，我會忍耐，因為那是為了活下去……」

五十歲以前從未有過性經驗的竹田，為什麼會下定決心到色情店「嫖妓」呢？

「因為……我的……女朋……友……去世……了。」

他用顫抖的手指按下一個又一個字母。

「死……死於……意外……」

「你們交往幾年？」我問。

「十……」

竹田先生用他全身的力量，按下一個又一個字母。

「十……五……年」。

「十五年！」我露出驚訝的表情。

看到我吃驚的神色，竹田用拇指和食指比出OK的手勢，臉上露出難得一見的笑容。

竹田一生唯一的戀人，名叫山岡綠。竹田三十幾歲住進醫院時，山岡綠當時是護士。

他們兩人是在一九六五年相遇。當時，竹田一再違反療養院規定的禁酒令，因為屢勸不聽，院方決定把他送到精神療養院。根據竹田的說法，當時人們對身心障礙者大都抱持歧視的態度，甚至以「廢人」這種鄙視的字眼來稱呼身心障礙者。

當時一位名叫「水上勉」的知名作家，他的兒子一出生就是重度殘障，因此，很沉痛的向社會大眾發表他的觀點。

「如果整個社會不改變對身心障礙者的看法的話，倒不如在重度身心障礙者一出生時，就立刻給予安樂死！」

當時，整個社會正陷入安樂死是否合理合法的探討熱潮當中，多數身心障礙者對於安樂死都極為反感，但是，竹田倒沒有堅決反對，因為只要他一想到自己的未來，就恨不得能夠一死百了。

他住的病房大約五十個榻榻米大，住了三十個人，房裡沒有任何隔間，竹田認為這根本稱不上是「房間」，應該說是「人肉倉庫」。

就在他灰心喪志的時間，發現有一位護士每次走過房外的走廊，都會哼著當時非常著名的流行歌曲「赤坂夜深」，雖然有點荒腔走板，卻聽得出歌聲裡帶著愉悅的心情。

「為什麼這個時候還在這裡呢？
搖晃的燈影陪伴割捨不了的想念，
明知自己深愛著你，
卻只能輕輕呼喚你的名字，
想要見你的念頭一直揮之不去，
赤坂的夜，更深了！」

（作詞、作曲：鈴木道明　歌唱：西田佐知子）

山岡綠當年二十八歲。

根據竹田的說法，山岡綠的身材健美，有一張方臉。

她的外表看似剽悍，卻有一顆溫柔的心，而且行事穩重，感情內斂。

山岡小姐每天必須背著五十公斤的竹田，經過大約三十公尺的走廊到達浴室；有時候會用碎布為竹田縫製坐墊，甚至還會為他沖泡當時才剛上市的即溶咖啡。總之，在不知不覺當中，愛苗已在他們的心中慢慢滋長。

但是，就在他們認識五十天左右，有一天，山岡突然辭職離開醫院，這件事令竹田難以承受。經過一年八個月之後，他終於探聽到，山岡是因為罹患重病，被送到別的醫院治療。於是，他們兩人終於又有機會再度見面。

竹田曾經為此事吟詠了一首詩：

不知何時再見　不知如何相見　我日日夜夜心急如火

自此以後，他們大概每隔一個月就會見面一次，有時是竹田到山岡住院的地方探視，有時是山岡前往竹田居住的療養院，這種約會型態就這樣維持了十幾年左右。

每次山岡前來竹田住處時，一定會用臉盆裝上熱水，溫柔的擦拭竹田的臉和手，並且耐心為竹田先生修剪指甲。山岡很想要一個錄放音機，竹田就利用年終大拍賣，以半價的金額買下來送她。

我實在按捺不住，很失禮地問：

「你和山岡小姐上過床嗎？」

「嘴……和嘴……」

「你的意思是接吻？」

竹田用手指比出ＯＫ的手勢。

這件令人難忘的事情就發生在一九七九年九月，竹田一如往常前往山岡住院的地方探望。他們兩個人一起到距離醫院約二十分鐘路程的超級市場購買食品，包括有咖啡、仙貝、餅乾、泡麵等等，就在回程中，山岡突然停止推動輪椅，並順勢把嘴唇壓向竹田的嘴唇。

「抱歉，我從沒做過這種事，所以技術還不太好……」山岡說。

路人以訝異的眼神看著這一幕，但是，山岡小姐卻絲毫不在意。

「為什麼那些人要這樣看我們呢？不管他們，反正我喜歡這樣。」

但是，五個月後，山岡卻臥軌自殺，結束了四十三年的短暫生涯。她是因為罹患重度精神衰弱，讓她對人生感到失望。就在山岡死亡的九天後，竹田前往醫院探望她的時候，才從醫院職員口中得知這項消息。

交往了十五年，總該做過愛吧！

「沒……有……」他從身體的最深處發出聲音。

「為什麼呢？」

「因為……我……喜歡……她……」

「喜歡她？那就更應該想和她做愛呀！」

竹田很努力想說些什麼，卻發不出聲音，他把視線移往字盤，開始組織他所要表達的意思。

「其實……我……」

竹田突然把手移開，就此停住。

休息一段時間之後，又有字母浮現出來。

「我也……很想……做……但……我這種……身體……造成……她的……負擔……」

在十五年的交往期間，竹田甚至從未說出「喜歡妳」三個字，每次見面，總是一再叮嚀她趕快找個好人家嫁出去。因為竹田早已下定決心，為了她一生的幸福，儘管自己非常喜歡她，也絕對不說出口，他認為這才是真正的愛情。

山岡小姐去世兩年後，為了排遣寂寞，竹田才主動拜託療養院的職員，帶他去色情店。因為唯有在進行性行為當中，他才能完全遺忘山岡，但是，一回到療養院，山岡的身影又立刻浮現在腦海裡。

就這樣經過了近二十年，竹田前往色情店的次數多達數十次，儘管事後對這種金錢買賣的性事讓他感到後悔，但是他認為接觸年輕女性的肉體，讓他感到非常愉悅，更讓自己變成有自信的男人。過去，他曾經因為自己的身體殘障，也為了愛人先他而去，數度萌生自殺的念頭；但是現在，他卻希望自己能夠長命百歲。

「但……是……」除了用手指按下字母，竹田還拚命發出沙啞的聲音，他瞇起雙眼，緩緩閉上。

「真希望……能夠……和她做愛……即使……只有一次……」

在色情店「辦事」的時候，竹田常常把山岡的影像重疊在性工作者的身上，儘管山岡已經逝世二十多年，仍可以感受到他對她的歉疚感。

「我很想……和女人……交往……也……很想……結婚……也想……有小……孩……也想……讀書……但……一點……資格……也沒……有……」

突然，一滴滴的淚水緩緩滴到字盤上。

*

二〇〇三年六月梅雨季的某日，一輛白色箱型車在東北高速公路疾馳北上，這是一輛開起來搖晃不已、已有相當歷史的出租汽車。

坐在駕駛席的是佐藤先生，我坐在第二排，最後一排坐的是看護井上隆之先生，最後面放置行李的寬敞空間，就是坐在輪椅上的竹田先生。

在車上，我注視著從網頁下載的東北地區某個小城市的寺廟名單，一手拿著手機撥電話。

「我想請問一下，是否有山岡綠的墳墓在你們那裡？嗯，她是在昭和五十五年過世的。」

這個小城市大約有五十家寺廟，一個人實在打不完，所以井上也幫我打。他是染著一頭明亮咖啡色頭髮的年輕人，當他捲起衣袖，就會露出已經變成紫色的燒傷瘢痕。大學畢業後，他曾在化學工廠上過班，後來發生爆炸意外，全身留下大大小小的燒傷瘢痕，從那時起，他開始對公司產生不信任感，後來努力考取一級「照護師」的資格，就轉行了。

我們開始打電話問過一家又一家的寺廟，約三個小時後，還找不到任何線索，連開車的佐藤也看不下去了。

「把名單給我，我也幫著打。」

我們每個人都萬分焦急，因為我們希望在抵達目的地之前，就能夠知道山岡小姐的墓地究竟在哪裡。我們甚至不想浪費時間吃午餐，隨便買個麵包就在車上吃起來，而且還邊吃邊打電話，車速也以時速一百四十公里的速度向前飛奔，沉重的黑雲時刻跟在我們後面。

「我很想到小綠的墓地去參拜！」很久以來，竹田就常跟我提這件事。尤其是最近，大概是身體越來越虛弱了！他的想法越來越強烈。前年夏天，他要我們陪他去參觀他看中的一處位於東京近郊的墓地。我們一行人前往目的地之後，才發現那並不是獨立墓地，而是一處「共同墓地」，竹田的母親也長眠在那裡。

看在我的眼裡，竹田最近的身體確實越來越虛弱，好像在轉瞬間蒼老許多，原本還算豐腴的臉頰肌肉也變得鬆垮，白髮增多了，甚至連身軀也縮小一大圈。

佐藤大概也和我有同感！他去租了一輛車，訂好旅館，由於一個人無法同時開車和照顧竹田，所以拜託療養院的職員井上隆之同行，兩人都是自願免費幫忙，所以事先向療養院請假，早上八點就開始忙著把行李放到車上。每支重六公斤的氧氣瓶共六支，一支氧氣瓶只能用一個半小時，所以還必須攜帶一個長約一公尺裝有液體氧氣的大型裝備，用來充填氧氣瓶。另外，還要攜帶抽痰器、幫助痰軟化的噴霧器等等。

我們的線索只有一張照片。一年前，一位男性義工表示找到山岡小姐的墳墓，並把照片寄給竹田，但是，信上只說找到了，卻沒有提到是哪個寺廟。

這封信中還寫道：

「這次就不收錢，不過，如果你想去寺廟，就必須花一百萬。」

但是，一百萬對竹田可說是一筆龐大金額，根本無力支付。佐藤曾打過電話或寄送電子郵件詢問對方寺廟的名稱，卻完全沒有回音，最後也斷了音訊，我們也搞不清楚為什麼那個人會突然消失不見。當天我也試打對方的電話，但是卻無人接聽。

這趟旅程是三天兩夜，但是，能夠運用的時間只有第二天而已。長達六百公里需要六小時的車程，第一天傍晚才會抵達，第三天中午之前就必須出發。當我們打電話到各寺廟時，只能告訴對方山岡綠這個名字，並描述照片中杉樹林和斜坡等與山岡小姐墓地相關的情景，但是卻問不出一點頭緒。

竹田面露嚴肅的表情，他從頭到尾閉著眼睛，據說前一天晚上他整夜輾轉反側難以成眠。

這個時候，有座寺廟的工作人員告訴我：

「妳說的山岡這個姓氏，我們這裡倒是有一家專賣醬菜的山岡商店，還有一家工程公司。」

於是，我先打電話給山岡商店。

「請問山岡綠小姐在嗎？」

「是的！請等一下。」換了另一個人接聽電話，原來是同名同姓，而且對方根本不認識我們要找的山岡綠。

我很快整理一下失望的心情，改打給山岡工程公司，接電話的是一位中年男子。

「是的，我認識她，她好像曾經在東京當過護士。」他接著又說：「不過，我不是她的親戚，我可以給妳她姊姊的電話。」

我壓抑住激動的心情，立刻撥打電話。

「抱歉，她現在不在。」

於是，我決定傍晚再打。

佐藤很興奮對我說：

「我們要不要先去拜訪她姊姊？」

此話一出，長達數小時不曾開口的竹田急切地用沙啞的聲音說道：

「去……寺……廟……就……好了……」

或許他認為以他這種身份去拜訪對方，恐怕只會徒增對方困擾而已。

抵達旅館後，我再度打電話給山岡的姊姊。

「不知道她什麼時候回來，明天或後天都不太可能吧！」接電話的人不斷反覆這段說詞。「她回來的話，我再請她回電。」然後就掛掉電話，但是，後來我也不曾接過她的電話。

山岡綠小姐長期為精神病所苦，最後以臥軌自殺結束一生，或許是因為這個緣故吧！從她的家人口中，隱約可以感受到他們極想撇開這件事情。

竹田看起來很失望的樣子，佐藤努力打電話詢問一家又一家的寺廟，我實在想不出更好的辦法，只好又打電話到之前的工程公司。

「實在很抱歉，我們方便過去打擾你嗎？」

大概是被我的纏功所打動吧！對方很誠懇地說：

「沒關係，反正旅館離我們很近。」

我們立刻驅車趕往工程公司，一位中年男子在外面迎接我們，他就是山岡先生。

「先到裡面坐坐吧！」

山岡先生很熱誠的端出熱茶，同時還拿出自製的醬蘿蔔招待我們。

山岡夫婦認識山岡綠，他們高中同校，兩家也住得很近。

我們一行人非常興奮，不停向兩人鞠躬致謝。

「我們最好在太陽下山前出發！」

山岡先生說完，就出門購買掃墓用品，同時又送給我們三條醬蘿蔔。

山岡綠的墳墓並不在寺廟，也不在墓地，而是位在稻田旁邊的樹林中。整片綠油油的稻浪在略帶溼氣的微風中迎風搖曳。十幾座墳墓就位在樹林的斜坡，高達五公尺的杉樹長得蓊鬱茂盛。

我仔細端詳每座墳墓，但是全都不是山岡綠，正當我感到絕望時，突然發現在最低窪的地方有一座略顯髒污的墓石，上面寫著「山岡家」。我和佐藤眼睛一亮，立刻飛奔過去，火紅的夕陽從雲端中照射下來。

翌日，我們買了兩大束白色百合花和香，驅車前往墓地。一大早整個小鎮籠罩著朦朧的霧雨，所幸等到我們離開旅館時，雨停了，天空還掛著一朵朵灰雲。

由於墳墓位在斜坡，我們必須把輪椅抬上去。

昨天已經天色昏暗，所以看不清墓地的狀況，現在看個仔細，發現花瓶的花朵早已枯萎，地面滿是垃圾，還有無數乾枯的蛆蟲屍體像地毯一般鋪了厚厚的一層。由此景象可以得知，已經很久不曾有人來掃墓了。

我們把整座墳墓打掃乾淨，插上百合花，三個人選在不遠處坐下來，只留下竹田一個人。

竹田用不成聲音的沙啞聲對著山岡小姐喃喃自語，幾十分鐘過去仍然獨自在墓前。

我心裡想著，這裡是一個容易下雪的地方，每到冬天，整座墳墓一定被掩沒在雪地裡。

「睽違二十三年了，一定有很多話要跟對方說。」佐藤喃喃自語。

現代人對身心障礙者的看法已經逐漸改觀，如果他們兩個人的故事發生在現在，或許兩人早已經結合了。我的內心有一股不捨的情感不斷湧現，此時，灰雲隨風吹走，金色的陽光從雲朵的縫隙灑在樹林中。

菩提寺距離這個墓地大約十五分鐘的車程，大門裡面左右各自排列五尊地藏菩薩。站在高約兩公尺的大門中央，放眼望去，可以看到前面一條碎石路一直往前延伸，道路兩旁都種滿櫻花樹。

我們把山岡小姐的供奉費五萬圓和竹田的姊姊交付的信件一起交給寺廟人員，這筆錢是竹田從殘障津貼中省吃儉用而來的，巧合的是，為山岡誦經的老和尚也是雙腳不太方便的身心障礙者。

這座寺廟也設有墓地，不過，當地的習俗是把墳墓建在自己住家附近的樹林中，所以，山岡小姐的墓地就位在可以望見自己老家的地方。

這段期間正值陰鬱的梅雨季節，但是讓人不可思議的是，竹田前往墓地參拜時居然陽光普照，等到我們離去後又開始下起霪雨。

竹田把這段墓前參拜的回憶吟詠了一首詩。

廿三年來實在抱歉，
雙手合十請妳原諒，
在黑得發亮的墓地中，
想要追尋妳的腳步，
想要陪伴在妳的身旁。

一個月後，我前往療養院探望竹田，看到他把上次回程順道在墓地附近的神社求來的長壽平安符，很慎重地繫在輪椅上。

佐藤溫柔地望著竹田。

「我們明年再去一趟，你一定要更健康地活下去！」

「對，竹田一定要健康活下去，下次我們還在冬天去。」我也附和。

我們三人閒聊許多事情，並且有了一個共識。

「找到墓地後所喝的酒是這輩子最甘甜好喝的！」

談話間，我請竹田說說掃墓後的感想。

「我…很…激…動…很想…去…看她…很…寂寞……」

「你對山岡小姐說了什麼話呢？」

「我說…對不…起……這麼晚……才來…看……妳……」

竹田仍然相當悔恨，午夜夢迴常常夢見山岡。他一直深感懊悔的是自己原本很想伸出手，但是卻把手縮回去……

就在那次唯一的親吻，他原本想把手伸向山岡的胸部，但是，當他正要從輪椅伸出手的時候，卻又因為膽怯而把手縮了回去。雖然只相隔幾公分，他卻無法將喜歡兩個字說出口。直到面對山岡的墓碑，竹田才說出這兩個字。

「如果你可以見到山岡，你最想做什麼事？」

「我想…和她…去…小酒館…喝一杯……」

竹田說他和山岡最後一次見面時，她曾經說過：

「我們下次一起去喝酒好嗎？」

但是，幾天後她就離開人世。他們兩人都愛喝酒，但是卻從來沒有一起吃過一頓飯。

「我要…吃…烤雞…冰涼…的……日本…酒…要……乾杯……」竹田話未說完就停頓下來，似乎有些哽咽。

讓我不忍的是，為什麼他們連這麼簡單的事也不曾做過呢？我用沙啞的聲音問他：

「那個世界應該有這些東西吧！」

「我……不……知道……」竹田接著又說：「不過……我…希望…有…因為……我會……和她……見……面……」

竹田把對山岡的思念，寫了一首詩：

在這個寂靜的春天夜空。

讓我日夜思念的妳，

究竟化成天上的哪顆星呢？

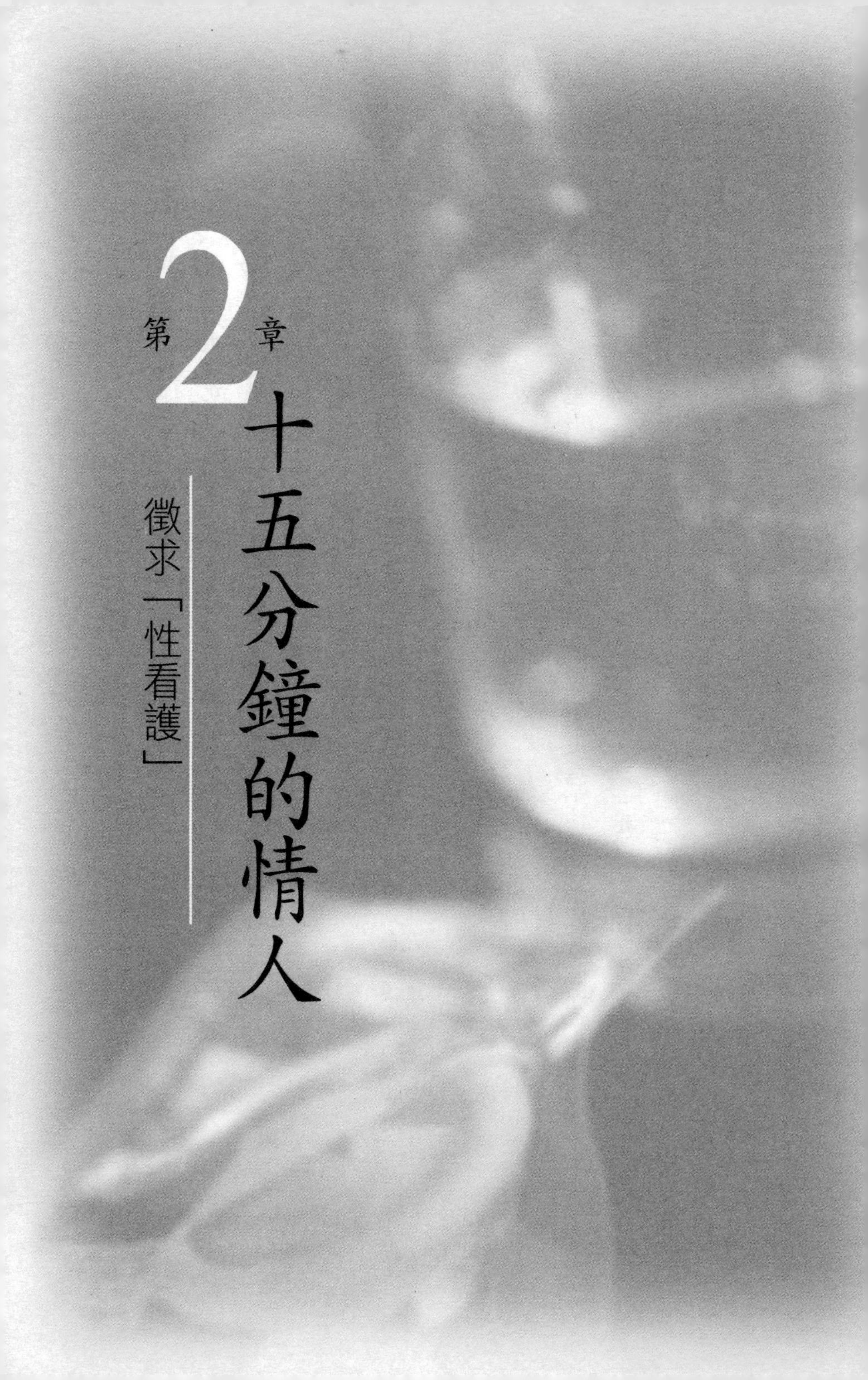

第2章 十五分鐘的情人

徵求「性看護」

有位男性在網頁上寫了一段話：

「身心障礙者也有性需求，你願意成為性義工嗎？」

陸陸續續收到了幾封留言，然而泰半是諷刺或鄙視的，甚至還有人說：

「身心障礙者做愛就像烏龜吃大麥，浪費糧食！」

這些留言中，有兩個人確實和男主角見了面。

一位是現年二十三歲、就讀於電腦學校的年輕女性，但是僅見過面談過話，就拒絕擔任性義工。

另一位是二十二歲的女性上班族，她在電子信件中寫著：

「你說得對，我願意幫忙你。」

幾天之後，男主角和這位女性見了面，兩個人走進了池袋的某間身心障礙者專用洗手間。

或許是因為時間緊迫，也可能是完全豁出去了，她一走進洗手間，立刻脫掉身上的胸罩，一屁股就坐在馬桶上。男主角坐在輪椅上，所以兩人的高度剛好符合，她立刻把手伸向他的陽具，開始輕輕撫摸。

「請妳用舔的好嗎……？」

卻被她嚴詞拒絕。

雖然兩人一開始就已經說好不做到插入陰莖的階段，他還是很想跟她提出這種要求，只是如果兩人是在旅館的話，還有可能提出這種要求，然而在這種侷促的地方令也很難啟齒。

結束後，走到戶外，天空一片湛藍，連續假期的第一天，街上一片雜沓聲，每個人臉上洋溢幸福的表情，快步迎向各自的目的地。

他從眼角隱約看到母親已經前來接他。

這個男子名叫伊緒葵。

他們兩人就此分手，從進入到走出洗手間，大約只花了十五分鐘，而且兩個人從此在彼此的生命中消失。

伊緒葵出生於一九六七年，一出生就是腦性麻痺，手腳殘障，生活上完全依賴輪椅，是一位從飲食到排泄完全需要照護的重度身心障礙者。手腳和臉部隨時都會扭曲顫動，還有嚴重的語言障礙，一般人很難聽懂他說的話。例如「性義工」從他的口中說出來，就會變得支離破碎，無法猜出他的意思，必須一而再再而三反覆的聽，才勉強聽得懂。

阿葵的手腳不方便，所以都是用下巴敲電腦鍵盤，打幾行字就需要花費數十分鐘，但是，網路卻讓他的人生從黑白變彩色。

其實池袋的洗手間，並不是他首次的性經驗。

一九九七年，在某個探討身心障礙者性愛煩惱的網頁上，出現了一位少婦，名叫山本小百合，當時三十六歲。

某次，她在網頁上表明願意幫助身心障礙者做愛，阿葵立刻寄電子郵件給她，兩人經過十幾次電子郵件往返，終於決定見面。

當時阿葵剛離開父母家，住進公立療養中心的四人公寓。山本小百合帶著先生和兩個孩子來到公寓找他。

小百合的先生帶著兩個孩子到外面走走，他並不知道小百合擔任性義工的事情，以為她是擔任電腦教學的義工。

阿葵和小百合來到公寓前的咖啡廳，阿葵說出他心中的疑問。

「為……什麼……妳願意……擔任……身心障礙者……的……性義工……呢？」

「我曾經因為受傷住過院，那時候，我察覺到身心障礙者應該也有性需求。」

兩人攀談中，遠處時時傳來孩子的嬉戲聲，阿葵無法判斷她的話究竟是發自肺腑、還是一種嘲弄。

阿葵也曾經戀愛過。二十四歲時交往的女友，有過接吻和擁抱的經驗，有一次甚至嘗試插入陰莖，卻因為難以進行，只好立刻拔出。不過也僅此一次，後來他希望女友採取愛撫的方式，也曾試探她做愛的意願，但是卻一直被拒。因此，「女人心海底針」這句話讓阿葵深有同感。

但是，這位小百合卻是認真的。

三個月後，阿葵來到小百合居住的大樓一樓的會客室，這棟大樓位在埼玉縣，會客室平常做為住戶開會或舉辦小組活動用，共有兩間八個榻榻米大的和室，以半天七百圓的租金提供給住戶承租。

阿葵以「和朋友吃午餐」的理由，向療養中心請假外出，搭計程車到達這裡。

小百合把房間上鎖，但是看到阿葵流口水的樣子，據說小百合露出猶豫的神情，不過，轉瞬間又好像豁出去似的，迅速脫掉衣服，全身僅剩一件黑色內褲，裸露出豐滿的胸部。阿葵的褲子立刻膨脹起來，他那張隨時扭曲顫動的臉拚了命朝左右甩動，用力吸吮她的乳頭。小百合全裸，拉下阿葵的褲子拉鍊，幫他手淫，但是，也只有十秒鐘，他就射精了。
射精後，阿葵的陰莖卻又再度挺立，他用沙啞的聲音請求：
「再來一次！」
小百合的手立刻又伸向他的陰莖，此時的阿葵完全忘記時間的流逝。
當天晚上，阿葵發了一封電子郵件。
「謝謝妳今天讓我經歷了一次寶貴的經驗，妳一定很累吧！下次再拜託妳好嗎？」
阿葵把這次的感想也寫在這封電子郵件上。
「我第一次看到自己射精，我的手無法為自己手淫，從我出生到現在三十年當中，我只有過夢遺的經驗。」

大約又經過一年的時間，兩人又在同一個屋子見面。
事前，阿葵曾在電子郵件上希望小百合為他口交，結果遭到小百合拒絕。
但是，當天小百合為他愛撫陰莖時，阿葵強烈懇求小百合讓他插入陰莖，小百合終於首肯，然而卻因為輪椅的阻礙，讓他無法順利插入，就在快接觸到小百合的私處時，他就立刻射精了。

就在忘我的階段時，阿葵央求小百合讓他吻她的嘴唇，小百合嚴詞拒絕。

後來，他們兩人雖然曾在小百合主持的電腦義工社團中碰過面，卻再也不曾有過任何性關係。

阿葵後來又開始在網路上召募新的性義工，經過三年的等待，才出現前面提過的那位女性上班族願意幫助他手淫。後來，他成立了一個身心障礙者性愛問題的網站，從二〇〇二年起又更名為「性愛無國界」，提供其他身心障礙者在這個網站召募性義工。

「二十一歲，男性，雙手殘障，所以無法自己手淫！小雞雞精神十足，卻無法散發魅力，非常苦悶，誠徵性慾強烈卻苦無對象的女性，本人自信具有驚人的持久力（一笑），雖然身體殘障，還是希望擁有愉快的性！」

「五十七歲的男子，脊椎受傷，十六歲受傷之後就一直與輪椅共生。過去一直認為身心障礙者沒有戀愛、做愛的權利，所以整天埋入工作當中，完全忽略自己的心靈需求，如今身心感到無比空虛，現在，我很想戀愛，但願不會太遲！」

但是，徵求性義工的卻幾乎全是男性，所以，這個網站似乎沒有達到預期的功能。

總之，到目前為止，一直沒有出現一位像小百合一樣可以幫助阿葵「身心」的女性。

他和小百合之間的義工性性愛，為什麼只有短短的兩次就此結束呢？

就在他們的性關係結束後的第四年，我在咖啡廳向阿葵提出這個問題，阿葵的回答非常乾脆。

「其實也沒什麼理由，後來我也沒空，我搬到別的公寓獨居，又參加支持身心障礙者獨立的社團，經常早出晚歸，所以……」

但是，小百合已經結婚，又有兩個小孩，難道阿葵一點也不感到愧疚嗎？

「如果彼此發生感情的話，或許我就會感到愧疚，不過，我覺得性義工就像是幫人餵飯一樣，就只是助人呀！我這種想法很奇怪嗎？」

不過，我似乎聽說小百合是因為阿葵已經對她產生感情，曾經對她說過「如果妳沒有結婚該有多好」。

或許就是因為摻雜了感情的因素，才讓小百合決定停止再做性義工吧！

因此，兩次之後就結束工作的原因，或許是出在小百合身上。所以，聽完阿葵的說法之後，我前往小百合家中拜訪她。

小百合的客廳擺放一張放大的結婚照，還有一些小百合面露開朗微笑、年輕健康的照片。

她出生於四國，就讀當地國立大學心理系，很有運動細胞，曾經參加過某個項目的全國比賽。大學畢業後，在系上教授的介紹下，到某個研究開發機構擔任市場調查員。後來在工作場合認識大她六歲的先生，三十歲生日當天就到戶政機關登記結婚。

登門拜訪的當天，家裡還有兩個小學四年級和幼稚園的孩子，孩子洋溢笑容認真看著電視上的麵包超人，然而，小百合卻是一副哀怨的神情。

她之所以願意接受有關性愛方面的諮商，其實是有一段緣由。

小百合曾經掌管過NPO，NPO是一個收費性的義工社團，以兩個小時一千五百日圓的價錢派遣教師教導身心障礙者學習電腦。

有一次，小百合從一位男性友人口中得知身心障礙者性方面的現況，於是和這位友人在網路上探討這個問題。這種話題在當時，幾乎被視為禁忌，絕對不像現在可以公開討論身心障礙者的性愛問題。

當時最讓殘障人士感到困擾的是，根本找不到專為殘障人士服務的色情店，這也是最多人上網提出的問題。所以，小百合跑遍整個東京近郊，找到幾家勉強願意接待身心障礙者的色情店。

但是，網友又提出一個新的難題。
「我是雙手殘障，從來不曾自慰過，我該怎麼辦呢？」
小百合提出的建議是：
「你不妨用棍子或傘柄試試看！」
不久就接到網友愉快的回音。
「我試過了，果然行得通，真舒服，我每天都快樂一下。」
上網討論問題的幾乎全是男性，只接過一封女性的郵件。
「我無法打開雙腳，所以無法做愛。」
而且，就僅此一件而已。
但是，小百合認為光是接受網路諮商似乎起不了作用，她決定付諸實際的行動。她在網頁上提出她的看法。
「如果有女性朋友願意幫助你手淫，甚至願意提供肉體，你們願意接受嗎？」
但是，所得到的回應泰半是悲觀消極的反應。
「如果只有一次的話，我倒寧願一輩子從沒嘗試過！」

但是，其中有兩個人卻表現出樂觀進取的態度，他們的回答是：

「我願意，請讓我有這個機會。」

「我願意成為第一個範例。」

其中一位就是阿葵，另一位是脊髓受傷的男子，他們都接受了小百合的性服務。

小百合對這名脊髓受傷的男子的性服務，比阿葵還要早一年，他們曾在賓館做過兩次。這名男子是騎機車受傷而傷到脊髓，和小百合同年，在某金融機構上班。

「他的那裡原本不舉，不過，醫師認為他應該是可以的。只是不論如何嘗試，還是辦不到。」

他們並沒有做到插入的階段，而是全裸愛撫。他準備了兩支震動器，而且也真的派上用場。小百合堅持絕對不能親嘴。

阿葵之後，小百合就未再做過相關的服務。

為什麼她會停止這種服務呢？理由之一是無法獲得周遭的諒解。

小百合也深刻體認到，只有她一個人提供服務，其實根本杯水車薪無法解決問題，她希望找到志同道合的人，所以，她決定在網路上召募義工。

但是卻遲遲沒有接到任何音訊，就在她深感焦慮時，突然接到兩名女子的電子郵件。

「我也深有同感，我願意共襄盛舉。」

這兩位女性都是年約四十多歲的家庭主婦，分別住在千葉縣和大阪。

「她們兩個人的看法居然和我一樣，這件事讓我極感雀躍，光是接到她們的郵件，我就覺得好像有千萬個生力軍加入一般。」小百合談到這件事的時候，臉上閃耀喜悅的光輝。

但是，最後的結果卻是，這兩個人仍然敵不過周遭反對的聲浪，根本不敢付諸實行。

聽到她的描述，我不禁捫心自問，如果是我的話，我願意接受這種事嗎？

在我採訪時，曾經數度被人問道：

「妳要不要擔任性義工？」

「如果妳沒有做過這種採訪，妳一定無法了解這種事吧！」

老實說，如果要我帶他們上色情店，或是做諮商服務，我應該做得到，不過，要我擔任性義工，對現在的我來說，恐怕是無法答應。可是，如果是一位和我關係密切又值得信賴的人向我提出這類要求的話，我會做到何種程度呢？答案還是我不知道，因為每個人對於性的尺度一定有很大的差異。

最後這兩位家庭主婦並沒有實踐任何性服務，這件事讓小百合深感氣餒。

「辛苦大半天，總算找到兩個人，沒想到……我不想再繼續下去，以免把我的鬥志全部磨掉了。」

小百合曾經努力過，但是不久之後，兩個人就此音訊全無，再也收不到她們的電子郵件，只剩下小百合獨自一人繼續從事性義工的服務。她曾經向NPO提議把性愛諮商納入活動項目，卻遭到強烈反對，最後只好讓她斷了此念。

「我是女性，前來要求諮商的全是男性，所以，有人跟我說他們可能心懷不軌，老實說，我對性這回事倒是看得很開。」

小百合擔任性義工，其實從來沒有享受到快感。

小百合又談到，她在電腦操作上並不嫻熟，但是她認為必須幫助身心障礙者獨立，所以才開始投入NPO。

「我不知道什麼事才是最重要的？眾人皆信的真理就一定正確嗎？誰是殘障？誰才是正常？真

的從外表就可以看出來嗎？我只想做我想做的事情，不想做的時候就喊停。」

她曾經半開玩笑的告訴丈夫想擔任性義工之事，但是丈夫告訴她，別人只會把這當做是一個性慾無法得到滿足、思想怪異的家庭主婦所做的荒唐事而已。這句話就輕易把她打發掉了。

除了得不到別人的諒解之外，另一個因素是自己缺乏信心，小百合一直非常在意絕對不能和阿葵接吻的這件事情。

「我覺得只有真正相愛的人才能接吻，但是，當對方要求接吻時有時又會讓我的信念發生動搖，這一點非常困擾我，讓我覺得自己喪失義工的資格。」

之後，她就完全停止性義工的一切事宜，即使是現在，一股想繼續做的念頭仍盤旋在腦海，但是，卻無法繼續做下去。

即使如此，她對身心障礙者的性問題仍然抱持高度的熱忱。

「吃飯、排泄之類的事情，大家都可以輕易說出口，但是，唯獨對性，卻一句話也不能說，很多人一輩子也不曾說出這個上天賦予的權利就與世長辭，因為他們認為自己活在這個世上，就已經造成別人相當大的困擾了，甚至懷疑自己是多餘的廢物！我們該如何幫助他們呢？」

飲食、排泄、睡覺、起床等身體周遭的看護簡稱為「ADL」(Activities of Daily Living)，意思是「日常生活動作」。

相對的，旅行、購物、化妝等事宜稱為「QOL」(Quality of Life)，意思是「生活品質」。

小百合認為性愛應該也屬於QOL，但是，在目前的照護範圍中，根本不能涉及這方面。

從剛才的話題開始，小百合就不斷哭泣，她說自己以前曾經患過精神疾病，經常住院，有一次還跳樓自殺，造成腰骨粉碎性骨折，連醫生都斷言她會下半身麻痺，並且一輩子都需要在輪椅上度過。結果，她奇蹟似的並沒有留下肢體殘障，不過，卻也因此讓她開始關心身心障礙者的性愛問題。

小百合又說，即使到現在，精神方面的疾病仍然尚未治癒，在不久的將來可能又得住院，也可能又會鬧自殺。

我很想告訴她：「妳不該管太多別人的事，需要別人幫助的應該是妳才對呀！」但是，看到她如此堅決的態度，我實在開不了口。

一個星期以前，小百合剛滿四十一歲。

看到小百合哭個不停，她的大兒子憂慮地輕撫她的背。

「我常常會這樣，請別介意。」小百合勉強從喉嚨擠出聲音。

她毫不在乎自己的苦境，反而把身心障礙者的性問題視為自己的問題，處心積慮想為身心障礙者找出解決的方法，結果卻慘遭失敗；而且也無法藉由性義工來填補內心的空洞，我認為或許這才是讓她灰心喪志的因素。

「今天很冷，沒有感冒吧！告訴妳一件事，我將在十二月二十四日和尤佳莉結婚了，我們沒有結婚儀式，只到戶政事務所登記。雙方父母都反對，但是，我們認為唯有真正住在一起，讓他們看到我們的生活，他們才會諒解。」

在池袋咖啡廳見面後大約過了半年，阿葵寄來一封電子郵件，時間是二〇〇二年十一月底。我曾聽說他從二〇〇一年開始和尤佳莉交往，沒想到兩人居然決定結婚，我立刻和他們取得連絡。尤佳莉今年三十歲，在柏青哥店上班，四肢健全，據說和阿葵在手機的交友網站認識。

「等我們都安定下來，請妳一定要來坐坐。」這是阿葵的邀請。因此，翌年三月，我終於拜訪了他們的新家。

我們約好在池袋附近的車站見面，尤佳莉騎著輕巧的腳踏車出現在我的眼前，她穿著簡便的牛仔褲和連帽外套，膚色白皙，擁有一張稱得上美女的精緻臉龐。大雨剛歇，夾雜雨水味道的暖風陣陣迎面撲來。尤佳莉牽著腳踏車，氣定神閒陪我走在人行步道上。

「想不想生小孩？」

「我很想，但是阿葵不太想有小孩。」她的話中雖然帶點遺憾，但是從輕柔的語氣中可以聽出幸福的感覺。

或許是春天的腳步近了吧，四周洋溢著輕鬆和緩的氣氛。

抵達新居後，阿葵面帶微笑出現在門口，尤佳莉忙著燒開水泡茶。

「整天二十四小都有看護陪我，我們根本無法兩個人獨處，想見面的時候也無法見面，所以，我們就決定結婚。但是，尤佳莉從來沒做過義工，甚至也沒把我當做身心障礙者看待。」阿葵比劃扭曲的雙手說著。

「我並不是輕率，而是很想跟他在一起，所以我們才會登記結婚，我父母擔心我必須照顧他的一切，才會死命反對。老實說起來，應該是我離不開他才對。」尤佳莉說。

一直到現在，尤佳莉的父親依然堅決反對，甚至曾經兇狠地說：

「隨便到街上拉一個回來，只要是手腳健全的，我都可以答應！」

據說尤佳莉的婚事，父親完全對親友隱瞞。談到這件事時，尤佳莉稍顯憂傷，但是，似乎也沒有太困擾她，就在此時傳來水壺的笛聲。

身為旁觀者，我當然了解雙親的擔心，但是，難道尤佳莉不曾迷惘嗎？

「即使和一個高學歷、高收入的人結婚，還是有很多人不幸福啊！阿葵無法工作，只能靠殘障津貼生活，經濟方面確實不寬裕，但是，和他在一起讓我的心情很寧靜，能夠和他結婚，我覺得很幸福。」

我坐在水藍色的雙人座沙發上，她從餐廳拉來一張椅子坐在我的對面，旁邊是坐在輪椅上的阿葵。

「妳最喜歡他什麼地方？」

聽到我的問題，尤佳莉的視線移向阿葵，緩緩地說：

「他很體貼，對我很用心，在我生理期的期間，他會告訴我不用做晚餐，要我躺下來好好休息。他可以花幾個小時的時間耐心聽我發牢騷，反正任何事情都可以跟他說，有他在身邊，我就感到很篤定。」

雖然阿葵有著嚴重的語言障礙，尤佳莉卻絲毫不引以為苦，不知道為什麼，她居然一開始就幾乎聽懂他說的每句話，雖然有時候會聽不懂某些地名或專有名詞，最後都可以用電子郵件確認。

「做愛的時候是妳在上面嗎？還是側躺的姿勢？是妳主導嗎？」

「才不是呢！我們都是根據默契就知道對方的需求。」尤佳莉笑著說。

「和身心障礙者做愛，以及和正常人做愛，兩者有什麼差異嗎？」

「我曾經為一個非常大男人的男朋友口交，他居然用力猛按我的頭，完事後也立刻倒頭就睡。所以，即使他的性愛技巧很好也無法讓我獲得滿足，有時還感到蠻悲哀的。和阿葵做愛不能採取正常的體位，但是，他會花很長的時間愛撫我，完事後，也會讓我枕在他的手臂上溫柔親吻我。我可以深刻感受到自己被疼愛的感覺，不過，我可不是說身心障礙者做愛是敷衍了事的喔！反正有沒有愛情是佔很大因素。」

阿葵的雙手殘障，讓妻子枕在他的手臂上應該相當辛苦，因為他連在胸前交叉雙手都很難做到。

「對於阿葵找過性義工的事情，妳有什麼看法？」

「男人總是會看看色情錄影帶之類的，我可以了解他的心情，不過，如果是現在，我可是會很生氣的。」

聽到尤佳莉的回答，阿葵立刻接話。

「那種事當然是一種很好的經驗，但是，一想到身心障礙者必須依賴性義工的幫助，我又覺得似乎不太對，總之，那是一種複雜的感覺。如果能有情人當然就沒問題，但是，對於堅持身心障礙者沒有戀愛權利的人而言，他們根本無法了解身心障礙者的心情。」

阿葵的旁邊擺著一個舊式的桌上型電腦。

「但是，你不覺得你是利用了性義工？」聽到我的問題，阿葵馬上接口。

「我是抱著試試看的心情，因為或許可以發展出一段感情。」

尤佳莉也曾經和小百合見過面，她面帶微笑說：

「如果兩個人都是重症殘障，那麼不論脫衣服或套套子都需要別人的幫忙了。一個雙手無法動彈又沒有情人的身心障礙者，可能就需要有人幫他手淫，但是，大部分的人都會覺得根本不需要。

身心障礙者認識異性的機會總是比較少，也不是說身心障礙者比較沒有魅力，重要的應該是一個人的個性和行為。即使是女性身心障礙者，如果她認為需要別人幫助她手淫，只要利用性義工就可以了，反正我認為可以有各種選擇。」

以目前日本的現狀而言，甚至連「邊做邊學」或是「在錯誤中學習」的機會都沒有，造成身心障礙者的性問題一直封閉在狹窄的範圍。阿葵有幸能夠藉由性義工的方式讓自己的生活往前跨出一步，找到了真正的人生伴侶。儘管尤佳莉的雙親堅決反對，旁人用異樣的眼光看他們，他們卻認為彼此已經找到最佳的伴侶。

我抱持以上的看法，為他們兩人拍下照片。在相機的視窗中，尤佳莉笑著說：

「我們還是新婚，所以，要不要我抱著阿葵拍照呢？」

「總之，和性義工辦事完畢後，心靈感到空虛，和老婆辦完事不會有空虛感。」對於老婆的玩笑話，阿葵真心的回答。

「你說什麼？搞不好二十年後就會感到空虛了！或許到那時，也不讓我的頭枕在你的手臂上了呢！」尤佳莉笑著說。

尤佳莉坐在老舊的床上，笑臉面對鏡頭，兩個人親密又自然的貼著臉頰，手牽著手。腳踏車已經生鏽斑駁，單調的家具也缺乏新婚家庭的氣氛，也沒有舉辦結婚儀式，甚至沒有穿上白紗禮服。但是，在這個兩房兩廳溫暖又乾淨的屋子裡，彼此相互調侃卻又時時深情相對的兩個人，看起來絕對是一對全世界最恩愛的神仙眷侶。

「我們是一對笨蛋夫妻。」阿葵發音不清楚的話語剛剛結束，兩個人又露出甜蜜的笑容互相對看。

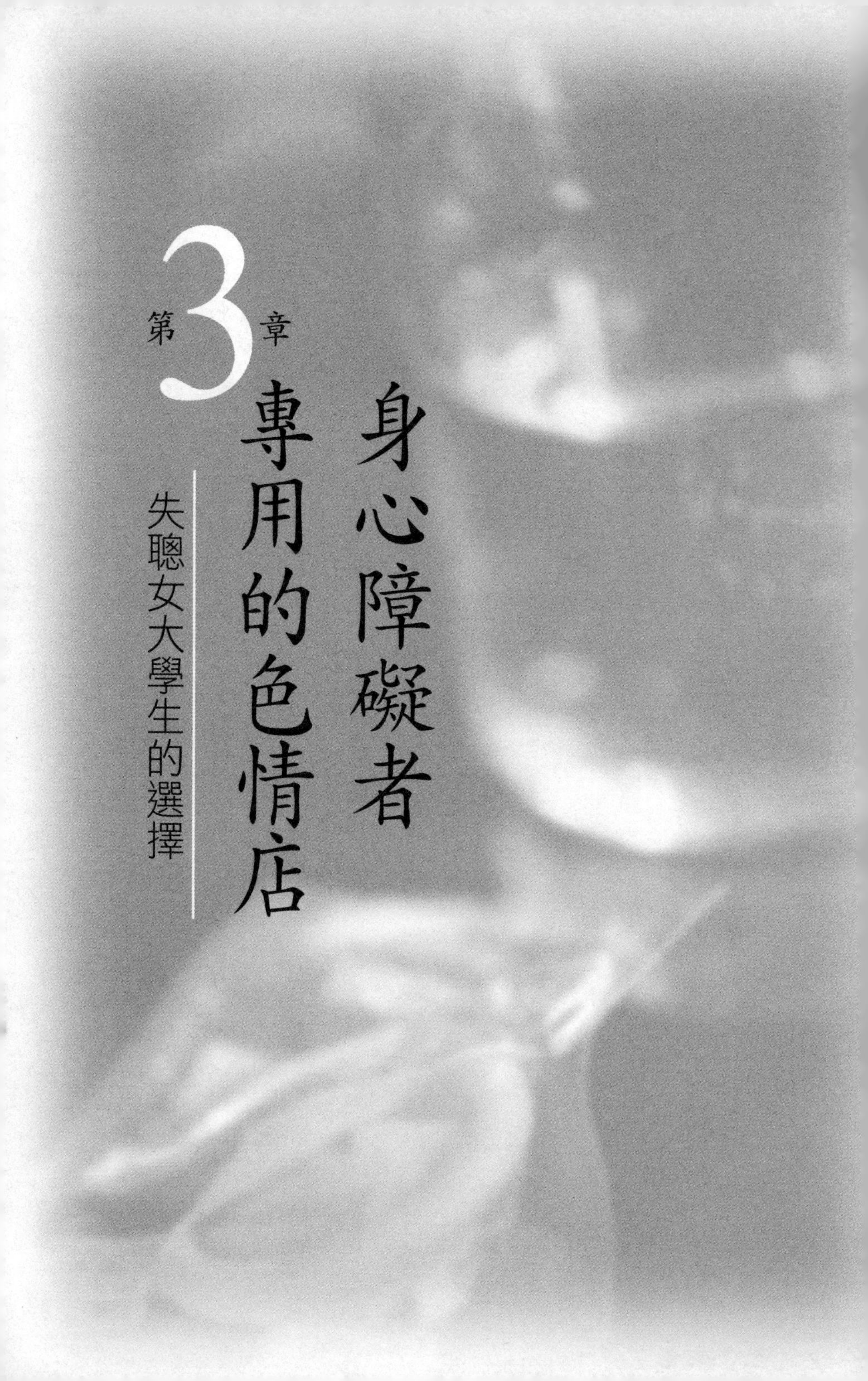

第3章

身心障礙者專用的色情店

失聰女大學生的選擇

從剛剛開始，她就一直在手掌寫一個「人」字，然後作勢送入口中大口吞下。

「很緊張嗎？」見她神情緊繃，我問。

「好像不太有效，不過，我還是試試。」她一再吞下寫在掌心的「人」字，同時做深呼吸的動作。

「鬧鐘、塑膠袋、化妝棉、乳液、浴巾、保險套、白板。」她開始檢查行李箱的七種用品，在開車中途她已在車內刷過牙。

剛剛在四國碰面時，她精神十足，上車後還高興談起為了減肥不敢吃布丁的事；有次上體育課時昏倒，被暗戀許久的柔道社學長背到保健室，讓她十分雀躍。一聽到我要到紐約出差，希望我為她帶什麼禮物的時候，她興高采烈說：

「太好了，我要自由女神！」她抬頭望向天空，閃著一雙大眼睛，雀躍地大聲叫道：

「哇！那是最亮的星星！」

但是，從開車出發約半小時，經過高井戶交流道之後，她就表現出不安的神情。

「我好緊張。」

「聽說客人長得很不錯。」我在白板上寫道。

「嗯！如果是真的就好了。」她的表情嚴肅。

車子從八王子第二交流道駛出高速公路之後，她就完全沈默，整個臉幾乎埋入車子的椅背中。

「妳還是很不安嗎？」我問。

「不知道對方是哪種人……又擔心他是一位身心障礙者……」

抵達目的地之後，老闆把車子停了下來，在白板上寫著相關的資訊：

「笹木先生、腦性麻痺、語言障礙。」

「他是店裡的常客。」

「記得要他先付錢。」

「記得把垃圾帶走。」

「剛剛出門時還通過電子郵件，應該在這附近沒錯。」

「別忘了這是一件工作，而且也很輕鬆，如果妳表現得很無聊的話，對方也會覺得掃興。」

然後，他又在白板寫道：「不用上廁所嗎？」

她——百合奈用力點點頭，用著快要哭出來的聲音說：

「我還是很怕……」

老闆笑了一笑，又在白板上寫道：

「對方只是一個色瞇瞇的男人而已。」

她似乎吃了秤砣鐵了心一般，快速下了車。

今天是她第一天工作，也是「百合奈」這個藝名首次登場的日子。她今年二十歲，就讀大學二年級，和雙親一起住在東京近郊的小鎮。藍色線條的襯衫配上藍色七分牛仔褲，頭上夾著米黃色髮夾。朝天鼻，圓滾滾的大眼珠，下嘴唇稍顯肥厚。

現在她正打算成為身心障礙者專用的性服務員。

她所屬的服務單位名稱是「enjoy club」，專為身心障礙者提供到府性服務。

她——百合奈是一名幾乎完全喪失聽力的女性，屬於第一種第二級的身心障礙。

「身心障礙者專用的性服務業」的名稱起於何時？

二〇〇二年二月十七日朝日新聞報西部本社的版面中，曾經刊出以下報導：

「專門以手腳身心障礙者為對象，由一群女性提供性服務的新型性服務業，已經在東京和福岡市開業。過去從未有專為身心障礙者所設的此類服務，所以，店方強調這是打破舊式藩籬，重視身心障礙者性需求的一種創新服務。各相關社福團體一致認為『這是一種拓展身心障礙者本身自由的嘗試』，但是，在殘障團體中卻引起相當大的反彈，他們認為這是把身心障礙者當成俎上肉的一種商業行為；性服務業者則質疑這種做法是在踐踏從事性服務業的女性。」

福岡市中央區的「比昂」（負責人津野喜樹）和東京都澀谷區的「天使」（負責人結城薰），已經以「無店舖型態性服務業」的名目向警方報備，比昂於去年十二月一日開業，天使則於一月十七日正式開業。

由這項報導可知，身心障礙者專用的性服務業是在一九九九年十二月成立，今年（二〇〇四年）四月，在性服務業修正法則正式施行之後，無店舖型態的性服務業，也就是到府服務的色情服務業更加應運而生，由此可知，身心障礙者對於無店舖型態性服務業的需求，遠比想像的還要高。

這項報導也指出，「天使」擁有十位女性員工，每週可接到十到十五件生意，收費大約是平常色情業的兩倍。「比昂」負責人津野喜樹認為他們的服務宗旨在於聆聽身心障礙者的需要，幫助身心障礙者，同是也是為了保障身心障礙者的性愛權利。另外，「天使」的另一位負責人住友晶則認為，過去從沒有專為身心障礙者服務的性服務業，所以，身心障礙者可以放心加以利用。至於費用方面，住友晶則認為他們也是在做生意，即使價錢略高，需求還是很大。津也喜樹曾經擔任過九州民放局的部長，住友晶原本在商社上班，換句話說，兩人都不曾有社福團體的經歷。

這項報導也記載了贊否雙方的說法。一位住在九州，今年三十九歲肢體障礙的男子認為，這種性服務業可以增加身心障礙者的選擇，所以也可說是一項好消息。日本身心障礙者團體連合會的松尾榮會長則提出嚴厲的批判，認為此舉是抓住身心障礙者弱點而強制推銷的商業行為，很可能會助長人們對身心障礙者的誤解與歧視。另外，福井縣三方鎮的「身心障礙者生活與性的研究會」會長河原正實則認為，要不要利用這種性服務業是每個人的選擇，把身心障礙者說成俎上肉的說法是稍嫌過度了一些，比較務實的做法應該是輔導業者採取正確的安全措施與性照護，提高身心障礙者的生活品質才是最重要的。

至於上述的兩家性服務業是否還繼續營業，目前不得而知。後來也陸陸續續開了幾家同性質的性服務業，但是也相繼有同型的性服務業倒閉。

熊篠慶彥是一位腦性麻痺患者，也是身心障礙者色情資訊免費顧問，他在名為「熊篠家地下室」的網站中，經常針對身心障礙者刊登色情資訊，在他所掌握的資料當中，以身心障礙者為主要對象的性服務業，截至二〇〇四年五月為止，全日本共有八個店舖，而且分佈在東京與京都。

有些社福團體也嘗試為身心障礙者提供「手淫照護」。例如有一個名為「身心障礙者性生活支持網」的網站，是由一位男性身心障礙者和兩位女性身心障礙者所組成，他們以一次三千圓的收費方式，幫助身心障礙者手淫，但是得到的迴響並不熱烈，所以，最近似乎沒有更進一步的活動。

也有人認為，如果是針對身心障礙者的性需求，採用義工方式並不正確，適當收費的商業方式反而比較可行。

熊篠慶彥也認同這種看法，他說：

「我認為根本不需要這種性愛義工的制度，因為賣春是違法的，而且要修改禁止賣春的法律或條文是很困難的。總之，身心障礙者只有在自己方便的時候才會主張自己的權利，絕大多數的身心障礙者甚至可以說是不食人間煙火，從來不曾在選舉的時候投過票，只會用嘴巴說要爭取性愛的環境，我覺得倒不如向背著兩支氧氣瓶也要上色情店的竹田芳藏看齊！」

最後，他又加了一句。

「總之，我絕對不會去專為身心障礙者而設的性服務業！」

我和百合奈的第一次見面是在兩國，enjoy club的老闆跟我約好在車站候車室，將為我引見百合奈。等候時，在街上來來往往的人群中，經常可見盤髻、穿和服、繫著紅、紫、綠等各種顏色腰帶的相撲選手。兩國這個地方擁有一座「相撲國技館」，所以許多相撲訓練營設在此，街上的「相撲力士餐廳」更是櫛比鱗次。

「啊！就是那個穿白衣服的女孩！」我往老闆指的方向看去，一位穿著白色長外套的高貴女子正從收票口走來，我以為就是她，百合奈正快步走過那位女子的身邊。她穿著牛仔褲，上身是一件平常的白色外套，一身學生風格的裝扮，才會造成我誤認。

我們三人走進車站附近的一家居酒屋，由於聖誕節將屆，整個店裡人聲鼎沸非常熱鬧，侍者戴著聖誕帽為我們點餐。

據說百合奈是在三天前才到enjoy club應徵，她是從朋友處得知相關的網頁，然後利用電子郵件報名。

她不太會讀唇語，所以我是把問題寫在白板上。百合奈的口齒不清晰，說話有時我聽不懂，但是整體的溝通倒是沒有問題。

「我一直找不到打工的機會，心情很鬱卒，後來我想應該可以勝任這種工作。」

百合奈並不是第一次接觸這種工作，數個月前，她曾在Fashion Health工作過。

「一開始店裡的人給我一筆錢，要我染髮後再去。」

百合奈拿出汽車駕照給我看，照片中的她並不是現在的咖啡色頭髮，而是一頭黑髮，給人一副乖乖女的印象。

她染了頭髮，也很想融入店裡的氣氛，但或許是因為她是聽障！根本沒人指名找她，付不出先前預支的金額，又為了洗澡排隊問題和店裡女同事發生爭執。

更早之前，她曾經做過「援交」，那是在高三結束到上大學期間，她曾在手機交友網站貼出「交友」訊息，一個人收五萬日圓。當時她已事先做好通盤計劃，首先到約好的地點仔細確認，如果覺得對方來者不善，轉頭就走。那段期間接了十名「客人」，賺了五十萬。而且她自己規定，每個客人只接一次，每次完事後就立刻更換電子郵件地址。

「為什麼要做援交？還是有許多工作適合聽障者做呀！」我問。

「因為我很寂寞。」她低聲回答。

百合奈是在高三那年的三月失聰的，正好是畢業典禮的前一週。

那天早上醒來，她發現鬧鐘沒響。
「為什麼不叫我起床？」百合奈責怪媽媽，隱約看到媽媽的嘴巴碎碎唸的樣子，百合奈心情惡劣的穿上制服，洗完臉，就離家上學去。上學途中走到火車平交道，她才發現自己聽不到聲音，她有些狐疑，隨即又認為可能是耳鳴或其他因素造成，但是，到了學校，她發現每個人的嘴巴就像魚一樣一張一合，卻聽不到任何聲音，回到家情況依然相同。
「妳說什麼？」百合奈問媽媽。
「妳都聽不到嗎？」媽媽一臉驚訝。
她們完全找不出可能的原因，只好前往耳鼻科專門醫院就診，病名是「突發性重聽」。醫生說利用「高壓氧氣療法」，也就是在高壓的空間提高氧氣濃度的一種治療方法，應該就可以治癒，所以讓她們母女倆人鬆了一口氣。和她同一天接受治療的共有六個人，但是，不知道為什麼每隔一天就有人沒來。經過六天的治療之後，醫生告訴她們這個治療方法無效。後來她又換了五家醫院，結果都是一樣。
「那時候我倒是沒什麼特殊的感覺，上了大學後，認識很多人，但是只有我一個人無法玩在一起，而且也交不到朋友。我回去找以前的高中老師訴苦，老師跟我說：『妳不妨先想想看，也有人和妳一樣聽不到，但是還是很努力，所以，妳也要努力喔』，這種話並沒有錯，但是，我只是希望有人聽聽我的痛苦而已。」

前面提到她在白板上寫著是在高三時突然失聰，其實正確的說法應該是從很小的時候她的聽力就不太好，不過，日常生活上還不會造成太大的障礙。國中階段經常蹺課，以致荒廢課業，考不上一般高中，只好就讀啟聰學校。即使上了啟聰學校，也因為對手語抱持偏見，根本不屑學習。

據說在她完全失去聽力的時候，父母並沒有給她任何勉勵的話，她也曾經想過，父母可能比她還要痛苦，但是，對於當時的百合奈而言，她非常需要父母的鼓勵。直到不久前，有機會和父母一起喝酒聊天，才讓她痛快說出那一段痛苦的過程。

說到這裡，百合奈的聲音顫抖，輕輕放下筷子。

高中時期，她是運動社團的菁英，成績也很優秀，但是，耳朵聽不到，又不懂手語，所以她感覺到沒有人重視她，沒有人可以理解她的痛苦，即使想說出來，卻因為不懂手語，根本無從和同學溝通。她總覺得在這個聽不到聲音的寂靜世界裡，她是孤獨的，可以和她「交談」的只有交友網站的網友而已。她也曾在網路上表明自己是失聰者，幸好還是有人願意和她「交談」。在現實社會中，百合奈無法順利交友聊天，但是在網路世界中卻可以和人侃侃而談，這一點讓她極感欣慰。開始從事援交則是在這之後。

「如果感到寂寞，為什麼不交個男朋友呢？」我在白板寫著。

「我也曾經和一位援交對象交往過，對方二十七歲。」她一邊說著，同時把手中已經稍微變溫的中杯生啤酒一飲而盡，當她稍微轉頭的時候，我看到她的助聽器。

他們第一次見面是在餐廳，那個男性對她說：

「為什麼妳要做這種事？為什麼要這樣自暴自棄？」百合奈心裡正想著這個人也太多管閒事的時候，接下來的一句話卻深深打動她的心。

「妳所獲得的只有金錢而已，難道妳不擔心會染到性病嗎？」

他把她帶到衛生所接受檢查，隨後又帶她前往民眾就業服務處，花了三個小時尋找適合失聽人士的打工機會，那一天，他們並沒有肉體上的接觸。後來兩人就靠著電子郵件聯繫，第二次見面的時候兩人才開始交往，一個月後兩人就分手了。分手的原因是對方抱給她十本小說，告訴她失聰者一定要看這些書。這一點卻讓她感到不滿，她認為對方憑什麼如此命令她。

對方的職業是色情錄影帶的攝影師，所以，有時候連百合奈也搞不懂，對方究竟是星探，還是真正愛她？

不論是援交還是短暫的戀情，都無法填補她的寂寞芳心。大一結束的那年四月底，她住院接受類固醇治療，由於嚴重影響食慾，造成全身消瘦，而且類固醇的副作用造成臉部非常臃腫，連自己都感覺大概過不了這一關，讓她根本不知如何是好。

「我每天把醫生給的安眠藥藏起來，選在一天全部吞下去。如果我沒有喪失聽力，原本應該是一位平凡的大學生，可以考上自己喜歡的大學，也可以交男朋友，對未來也會抱有夢想。但是，現在的我，根本無法好好和別人交談，完全處在什麼也聽不到的世界。尤其是半夜躺在醫院病床上，寂寞的感覺是別人無法了解的……」

她昏迷了三天三夜，醒時，眼前出現一位她最想見的人。

這個人就是她尚未喪失聽力前一直交往的男性。

高三時，他曾在上學的電車上大聲叫她，剛開始她並不想搭理，但是卻在她的腦海留下深刻的印象。後來他們經常搭同一班電車，六個月後開始交往。

在她完全失聰的前一天，他們曾在電話中為了一點小事吵得不可開交，百合奈氣得重摔電話，但是她根本忘了那天爭執的內容，那也是她最後一次聽到他的聲音。

幾天後，他來找她。

「妳還在生氣嗎？」

「我聽不到！」她根本聽不到他的聲音，但是他不相信。

「你不要再來找我了！」兩個人就這樣分手，她決定跟他斷絕聯絡。

幾個月之後，他居然出現在她面前，據說是母親告訴他的。

「我根本聽不到聲音，又躺在醫院，實在不想讓他看到我狼狽的樣子。突然，他用手語比出『你好嗎』，但是我根本看不懂手語，還問他『你在比什麼』，他告訴我是『手語』。」

「那時，我媽走出病房，只留下我們兩個人，他問我為什麼要躲他，我告訴他因為他一定不喜歡和聽不見的女生交往，他說一開始確實是如此，但是現在對他而言，他根本不在乎這件事，因為他對我的愛情不變。」

趁著她昏睡的期間，他開始動手攝製一捲錄影帶。

「他為了表達這個世界上還是有許多人需要我，一一拜訪我從小到大的朋友，請每個人為我錄製一段話，他拍攝的錄影帶實在太老式了，讓我有點害羞，不過，那時候我才真正思考自己必須跨越聽力障礙的問題。」

這兩人現在仍持續交往，他三十歲，無業，以前曾在印刷工廠上班，離職後換過三個工作，百合奈把援交賺來的的錢，給了他三十萬。

「結果現在只剩下十七萬，我是有點後悔，不過，我實在太愛他了……」

「因為他是一個很不錯的男人，肯接受妳的聽障，又肯學手語，像這種溫柔體貼的男人，比那些高收入的男人還讓人心動對不對？」我不把這些話寫在白板上，而是緩慢地把每個字都說得很清楚。

即使對方沒有職業，而且用的是百合奈的錢，不過整體說來他還算是一個胸襟寬闊的男人。

「但是，他也只學了一點點手語而已，他是那種三天打魚兩天曬網的懶人，現在在外面的時候，他也不愛比手語，好像讓他感到很丟臉似的。」

百合奈噘嘴顯露微微的不滿，不過，隨即又面露炫耀的神情拿出一張兩人的合照。

「他長得有點像足球選手小野伸二呢！」

照片中的男人有著一張細瘦的長臉，面帶微笑，長得確實有點像小野伸二。

「既然不再寂寞了，又何必接客呢？」

「我想存錢做耳朵手術，不知道是否可以治好，但是我總是想努力看看。」

「他知道妳在這裡打工嗎？」

「不知道。」

「妳不覺得這樣好像有點背叛他或對不起他嗎？」

「我並不覺得背叛他，不過還是不希望讓他知道，所以，他的簡訊我都很認真回覆，我擔心自己會像小木偶一樣，一說謊鼻子就會變長。」她以開玩笑的口吻說完之後，不經意看了看手機。

如果被他知道，難道不會傷害到他？雖然有些男人認同女友在風月場所上班，但是絕大部份的男人絕對很難接受這種事。

看到眼前這位不論外表、言談都還很稚嫩的二十歲女學生，帶著殘缺的身體從事這種殘酷的工作，連我都有一種「無法接受」的感覺。

或許是看穿我的內心吧，老闆露出某種責備的眼神，但是，我真的是無法接受。

「難道妳不能找其他的工作，或是先跟父母借錢嗎？」百合奈完全不理會我的建議，對於這種工作，她一點也沒有抗拒感。

「不！我不想依靠父母，而且根本找不到其他的工作。」就在此時，老闆插嘴。

「在這種場所工作的女孩都是這個樣子。」

百合奈希望他們將來能夠結婚。

「但是，可能沒有辦法吧！因為我還有我的夢想。」

為了實踐夢想，她一定要大學畢業，但是她實在很想離開現在的學校，因為上課時她完全聽不到，只有呆坐在教室裡，同學好意借給她上課筆記讓她複習，但是有幾次的考試時間她就蹺課或是故意不寫，所以同學也有點討厭她。

「妳的夢想是什麼？」

「我想擔任啟聰學校的老師，但是我實在沒有自信，恐怕無法達成。有時候我會為自己的聽障大發脾氣，但是又能怎樣呢？有時候我會對自己大聲咆哮，我不是殘障者！我是個平凡的女生！」

她接著又說。

「高中時代我很驕傲，我的聽力比聾啞同學好很多，我就想多表現一點，當我們一起到餐廳吃東西時，我就一個一個去問他們要吃什麼，然後再到櫃台點餐，其實他們本來都可以自己點餐的。在我完全失去聽力後，我才知道其實耳朵聽不到還是可以點餐的，我卻如此邪惡地傷害我的同學，在我還沒有變成他們的狀況之前，我根本都不知道事實是這樣的！」

聽到百合奈這番話，那位應該已經嘗盡人間冷暖歷經滄桑的老闆，居然紅了眼眶，據他說他也是第一次聽到這番話。儘管他事後辯駁只是想表現一下自己哭泣的演技，不過，我確信那是他用來掩飾羞怯的藉口。

「enjoy club」的老闆名叫齋藤晴文，我和他是在一場出版聚會中認識的。他和前面提過的殘障色情資訊免費顧問熊篠先生一起出現在會場，並且一直照料熊篠先生，所以一開始我以為他是一名照護者，後來聽到他是「性服務店店長」，讓我實在無法和他爽朗豪邁的外表連結在一起。他留著短短的三分頭，穿著緊身牛仔褲，最讓人印象深刻的是他有一雙丹鳳眼。

他在兩國租了間套房，自住之外也充當辦公室，他做的是專門針對身心障礙者的無店舖型態到府性服務，店裡的女性員工只需利用電話連絡，不需要到公司上班。

他是在二〇〇二年開業，他對身心障礙者絲毫也不了解，一開始純粹是為了賺錢。開業之初任用二名熟識的女性，後來就在色情的徵人啟事中召募「人才」，凡是前來應徵的全部錄取，至今一共錄用過十五人。

當時他的手下有四名員工，全部都隱瞞真實的年齡，二十五歲就騙說二十一歲，三十五歲的騙說二十九歲，三十歲的騙說二十六歲，越年輕的行情就越好，而且都是曾在風塵界打滾的女性，其中也有一位大學畢業就來上班的陰陽人。

「不過，最近來了一個根本不需要隱瞞年齡的女生，前天剛面試過，是一位二十歲的大學生。」

他說的就是百合奈。其他四個人則沒有任何身體殘障。

「為什麼她們願意選擇這種專門服務身心障礙者的性俱樂部呢？」

「大概是把它當做一種善事吧！還有人說自己已經三十歲了，還有顧客要指定，讓她感到高興。」

從事這項工作並不需要特別的進修，不過，如果有人從未接觸過身心障礙者，也願意進一步了解的話，本身是腦性麻痺的熊篠先生會為她上課。但是，幾乎沒有人願意上這種課。反正只要曾在風月場所混過，不管對方是殘障還是正常，所做的事情幾乎是大同小異，不外乎「深度接吻、舔全身、口交、69體位、射精在嘴裡」，一般規定是不必真正插入，不過，她們還是會自備保險套以備不時之需。

截至目前為止共有一百二十名會員，每月平均接客十五位，一節六十分鐘收費一萬八千日圓，店家抽八千；九十分鐘收費二萬六千日圓，一百二十分鐘收三萬二千日圓。由齋藤負責接送，交通費由客戶負擔。交通費的計算方式是，錦系町免費、新宿三千、池袋四千、八王子六千圓。費用的計算方式大約和一般的業者相同，並不因為專門服務身心障礙者而有所不同。

齋藤的平均月收入為十五萬至二十萬日圓，對於一個三十二歲的成人，這個金額並不算少，但是如果扣掉房租九萬、停車費三萬五千、公寓管理費、瓦斯費、高速公路過路費，幾乎所剩不多。他一開始認為這個行業可以大賺，其實是打錯算盤了。兩年前向父母借來的五百萬加上自己的二百萬，如今幾乎花費殆盡。所以，當他把「女員工」送到客戶住處後，他不會在咖啡廳等待，而是枯坐在車子裡，完全都是為了節省開支。

齋藤先生是千葉縣人，三名兄弟中排行老二，哥哥自著名大學畢業後，服務於某大證券公司，弟弟是貨車司機。他曾對父母提到自己的工作，父母只告訴他「只要別造成別人的困擾，什麼工作都沒關係」。

國中畢業後，高中只讀一年就輟學，曾在日本料理店打工，也曾做過瓷磚工人，後來當了七年柏青哥店員，然後到地下錢莊上班，專門貸款給地方的中小企業，每隔三週收取五成利息；甚至曾到放高利貸的公司上班，有時候也必須負責討債。有一次，在一個大雨滂沱的黃昏，他在一棟公寓外面等待欠款不還的客戶，當時全身被雨水淋得溼透，附近飄來別人家的飯菜香。結果那位債務人實在太不講理，齋藤氣得用雨傘把對方打得七零八落。後來他又到賽馬場、色情店當過圍事與店長，最後才獨立開業。

「身心障礙者專用的性服務其實是不正常的，一般的性服務業者應該對身心障礙者提供服務，這樣才是正確的。」

果真如此的話，齋藤不就失去生存空間了嗎？但是，他卻以嚴肅的表情回答我的問題。

「我開這種店並不是為了殘障人士，純粹只是想賺錢而已。」

話雖如此，可是，我認為這不是他的真心話。面對我的追問，齋藤又勉強的提出解釋。

「我只是無法收掉而已，類似的業者已經收掉很多家了。在我的客人當中，有人曾寫過電子郵件給我，告訴我因為我們的服務，讓他有信心前往一般性服務業召妓。」

「但是，這種客人一多，你不就沒戲唱了嗎？」

「這也沒什麼關係，身心障礙者願意走出去總是一件好事。我甚至還會利用假日，陪身心障礙者出外旅行，因為他們是我的朋友。」

由他的語氣可以聽出，他並不把自己的工作標榜為「全是為了身心障礙者」。

事後我才知道，這一天恰巧是齋藤的生日。一名在上野中華料理店上班的二十八歲女性，在一年前連同熊篠先生，三個人曾經一起前往澳洲旅行。早在很久以前，他們就約好要為齋藤慶祝生日，所以她也事先請好假。但是，齋藤卻毫無預警的取消，也沒有向他們解釋理由，就答應接受我的採訪，而且他對我隻字不提生日的事情，也從未在言談間跟我討過人情。

「昨晚和我女朋友一起煮大鍋菜，沒想到居然很好吃，我們沒有熬高湯，直接加雞湯塊，真應該帶一點給妳吃吃看。」

他不經意地隨口說道，他就是這樣的人。

目送百合奈前往第一位客人住處的背影之後，大約經過一個半小時，百合奈面帶微笑走向我們的車子，我和齋藤的心都懸著，就像第一次參觀女兒教學觀摩的父母一般，既期待又怕受傷害。百合奈雙頰紅潤，頭上的髮夾閃閃發亮。

「怎麼樣？」我小心翼翼問道。

「很好玩啊！」她的回答十分輕快。

「什麼事很好玩？」

「我幫客人穿上衣服，然後問他可以了嗎？才發現我把他的衣服穿反了，後來我們兩個就一直笑，一直笑，笑到停不下來。」她像小孩子一樣聒噪起來。

「還有還有，客人還用手語跟我說謝謝呢！」

她的回答讓我鬆了一口氣，我接著問她這位客人的詳細狀況。這位客人住在無障礙設備非常完善的療養中心一個大約十個榻榻米大的單人房，廁所用布簾隔開，浴室是共用的。

他把自我介紹寫在一張紙上交給她，內容是：

「百合奈小姐妳好，我的名字是笹木高行，腦性麻痺，有關妳的事情，老闆大概都告訴我了。我無法自己換衣服或移動身體，所以一切都要拜託妳了，妳做得來嗎？假如不行的話，妳就脫衣服坐在或躺在身邊幫我做好嗎？如果可以幫我翻身的話，就幫我側翻再脫衣服，真不好意思，實在太麻煩妳了。結束後，妳可以幫我從床上移到輪椅嗎？

最後我有幾個問題請教妳，能否告訴我妳的生日、血型，妳住在哪裡？是好人家的女兒嗎？門禁很早嗎？拉拉雜雜問了這麼多，實在抱歉，一切就要拜託妳了。」

他大約每個月跟「enjoy club」預約兩次性服務，沒有工作，所以全部依賴殘障津貼。

「這種專為身心障礙者而設的性服務比較好嗎？」我跟他提出疑問。

「我曾經試過其他的，不過，還是專為身心障礙者而設的性服務比較願意接受。」他說。

不過，我認為並不全是因為身體的問題，而是連精神上都讓他覺得比較值得信賴。

笹木今年四十一歲，三十五歲的時候曾在別的風月場所有過第一次性經驗。

「你可能愛上性服務員嗎？」

「是…是有可能的，不過，我覺得戀愛這種事不太可能，我就死心了。」

百合奈的聽障對這件事有影響嗎？

百合奈聽不到聲音，笹木先生有語言障礙，又加上雙手殘障，根本無法在白板寫字。所以，齋藤一直很擔心他們兩人難以溝通。

「一開始是有點不安，我覺得一定有辦法可想。不過，一切都很好，雖然有些部分比較困難，但是她做得和一般人沒有兩樣。」笹木說。

「和你預期的一樣嗎？」

「大…大概吧……」

他的房間放著一把SMAP的扇子，聽說他很喜歡SMAP的歌曲。

「以後你還會指定百合奈小姐嗎？」我問。

「現在還不知道，我想試遍這家店全部的小姐，我希望跟不同的小姐『做』。」

回程的車內，百合奈的臉上已經不見剛才不安的表情，完全洋溢著亮麗的神采。

「我變得很有自信了，我想我應該可以繼續做下去。」

看著百合奈的笑臉，她讓我覺得她已經成功跨出了第一步。不過，我還是帶著複雜的心情提出我的問題。

「妳會繼續做這個工作嗎？」

「當然會！」回答我的問題之後，她帶著哀怨的神情看著天空。

「我原本以為八王子這個地方可以看到滿天星星，沒想到……」

一年前她第一次出國旅行，同行的都是聽障朋友，在英國停留兩個星期，住在寄宿家庭，那裡的星空真美麗。倫敦有許多專為聽障者而設的酒吧，可以認識來自世界各地的聽障者，雖然每個國家的手語各不相同，但是經過一個小時的摸索，彼此居然都能夠溝通。

「只要有心想和別人溝通，彼此之間就一定可以相互了解。」百合奈的臉上充滿懷念的神情。

「如果全世界的手語都能夠統一該有多好！」我說。

「對呀！為什麼不加以統一呢？」百合奈的表情略顯不滿。

「啊！對了！我知道有一個世界共通的手語！」

百合奈豎起拇指、食指和小指，拇指代表I，拇指和食指代表L，食指和小指代表Y。

「I love you!」百合奈笑著比出手勢。

這一天她賺了一萬五千日圓。她在兩國車站前下車時，也對我們比了這個手勢，為了趕上十點半的門禁，她快步走向剪票口。

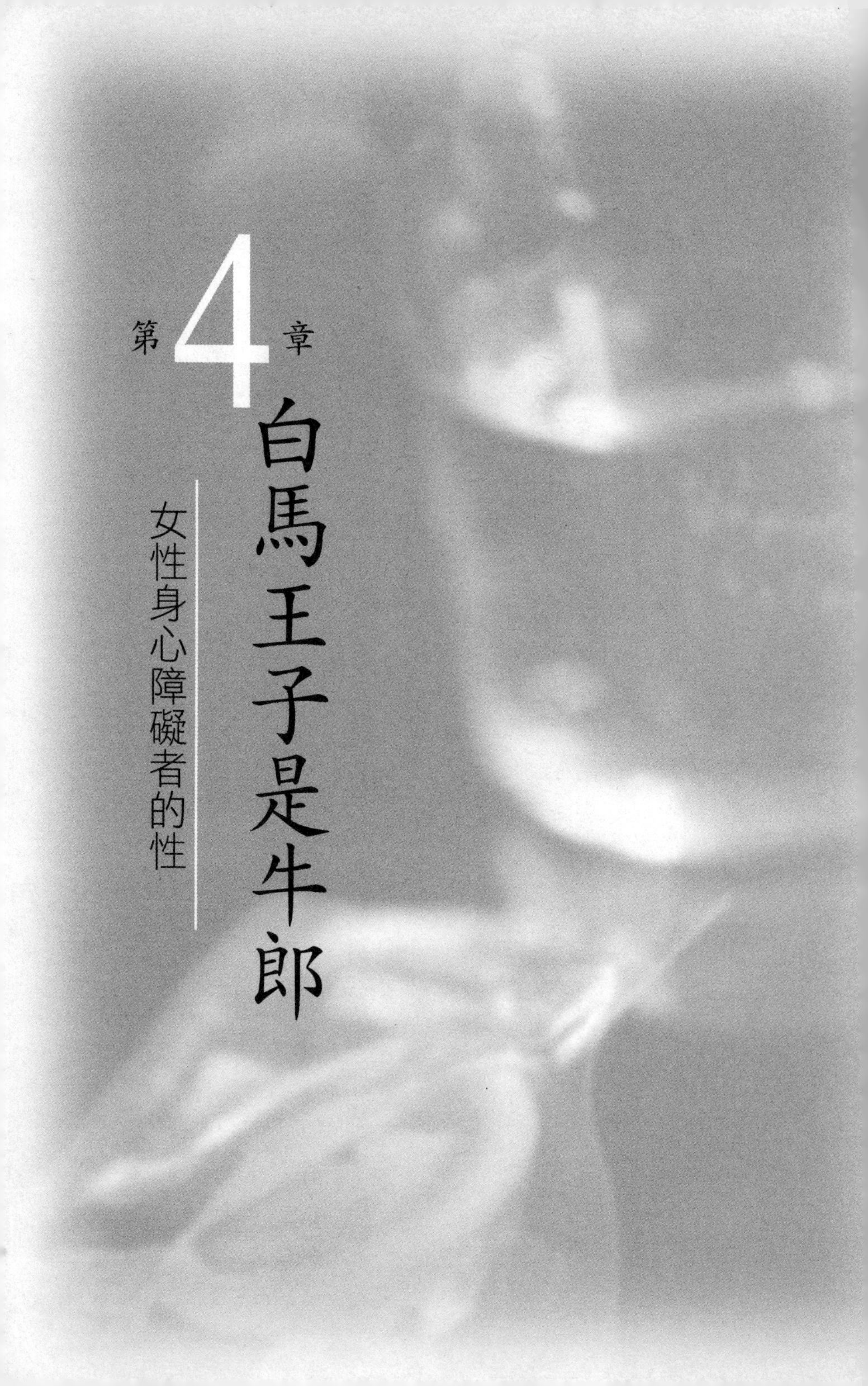

第4章 白馬王子是牛郎

女性身心障礙者的性

今天，一整天都凝視著鏡子。

雙手已經請人做過指甲彩繪，每一個指甲都塗滿鮮豔的色彩，故意少了一些紅色，特別採用今年最流行的顏色，為了特殊的日子，她特別從雜誌研究最新的化妝術。

「會不會很奇怪？」她一再詢問別人的看法。由於她幾乎沒有機會外出，無從知道一般人的看法，所以內心充滿不安的情緒，為了慎重起見，她特別洗了一個香噴噴的澡，並開始挑選衣服。

明天，她就要和她的白馬王子見面。

下午四點左右，他來到她家。

他是她的父母也認同的男伴。

一開始，他們悠哉地一起共浴，兩個人泡在浴缸中，閒聊最近發生的事情或是好看的連續劇，他用滿是肥皂泡的海綿刷子，溫柔為她刷遍全身。

沐浴完畢，他為她擦乾全身，雙手把她抱在懷裡，輕輕放在床上。他的力氣很大，抱起她並不吃力，然後輕輕拉著她的手，另一手輕撫她的秀髮，他們兩個人就這樣耳鬢廝磨好長一段時間。

她很喜歡白馬王子，只要被他牽在手裡就讓她內心小鹿亂撞，看著他的眼睛就讓她安心，他是她所見過的人當中，最讓人心儀的一位男性。

過去她不曾戀愛過，每次都是單戀，而且從來沒有開花結果，每次看到電視上的偶像劇，就讓她懷疑世界上真的有這種戀情嗎？總覺得那個世界好像就在異次元的空間，根本不存在這個世界。

「下次我們外出走走好嗎？」他在她的耳邊輕聲呢喃。

如果真能和他一起外出，該是多麼令人興奮的一件事呢！她的內心怦然心動。

轉眼間，兩個小時過去了，每個星期她只能和他見面一到兩次，讓她感到很寂寞。

「再見了！」

白馬王子只留下這句話就走了，魔法在剎那間完全解除了！

她的白馬王子，其實就是應召牛郎！

所謂牛郎店，就是專門提供女人性服務的一種俱樂部；應召牛郎店則是由男性公關前往女客人指定的地方，為女客人進行性服務，也有人指定只要單純的約會而已，不需要性方面的服務。

我曾經看過一本東京「賽菲洛斯」牛郎店的名冊，裡面記載的項目除了年齡、大頭照之外，還有「擅長的技巧」、「性器官長度」等等，這本名冊大約收錄二百名牛郎，從十八歲到五十七歲不等，幾乎都有正當職業。登錄費用為三萬日圓，可連續刊登四年，不過聽說也有人從沒有接到工作機會。

這個牛郎店最特殊的地方是，對身心障礙者有打折的優待，通常一小時是一萬日幣，身心障礙人士只要五千。

「賽菲洛斯」牛郎店的老闆吉良仁志對我說：

「店家和牛郎是採取五五分帳的方式，但是如果客人是身心障礙者的話，我們店家是不收取任何費用的。應召牛郎並不被一般人肯定，不過，我們能夠做的也僅止於此，我們只是想對社會貢獻小小的力量，所以就想到以打折的方式來幫助殘障人士。其實也沒什麼！」

吉良先生並沒有當牛郎的經驗，從大分縣的高中畢業後，突發奇想和八年前就到東京工作的同鄉好友一起開牛郎店。他的裝扮完全不符合牛郎的形象，反而是一副戶外活動的打扮，其實他的興趣是釣魚，而且喜歡到世界各地去釣魚。他的牛郎店網站首頁用了一張可愛的魚插圖，完全不像是牛郎店的網站。

或許是口耳相傳吧！不知從什麼時候開始，殘障客戶的人數逐漸增加，但是，有些從未接觸過殘障人士的牛郎，根本不知道如何接待這方面的客戶。因此，在他百般苦思之餘，終於想到一位朋友，此人曾經有過幫助身心障礙者的義工經驗。

把牛郎稱為白馬王子的這位女主角，名叫柏木奈津子，她也是利用半價優待的一名殘障人士。

她今年二十六歲，先天性股關節脫臼，從小就是長短腳，十八歲以前還可以拖著另一腳緩步前進，但是從十九歲起就完全只能坐在輪椅上。聽說像她這種病，只要接受削骨手術，或許就可以步行，但是她從一出生，白血球就比別人少很多，根本很難接受這一類的手術。

她經常出入醫院，以致高中時期差點因曠課過多而無法畢業，最後總算勉強領了畢業證書，後來因為身體狀況欠佳，無法外出工作，所以，現在和父母住在一起，整天足不出戶。

她的父親經營不動產租賃業，家裡雇有司機，家境還算富裕，有時會請司機帶她外出走走，但是，如果腳痛就無法外出。另外，雨天或天氣狀況欠佳的日子，她的身體就會嚴重不適，只能整天躺在床上，每個星期大約有兩、三天必須到醫院打止痛針，所以，上醫院打針就勉強算做她外出的機會。

她不只是因為身體的因素讓她無法外出，其實在精神上她也不喜歡外出，因為只要一到外面，就會遇到許多她不想看到的畫面。

「對於身心障礙者而言，必須對很多事情死心，尤其外出的時候，就更讓人感到悲哀。同年齡的女孩子都穿得花枝招展走在街上，我卻因為殘障根本不能打扮得漂漂亮亮，為什麼我就不能像別人一樣呢？就以食物來說，如果一輩子都沒有嘗過美味，就不會因為追求不到而感到悲哀，所以，對我而言，性這件事根本就像是另一個世界的東西。」

但是，她對性還是抱有憧憬，她甚至有越來越強烈的念頭，想和男人說說話，也想和男人做愛。

「我認為不論是女人或是身心障礙者，只要是人就一定有性慾，說起來讓我很害羞，不過老實說，我也曾經自己處理過，然而總是感到有些無法滿足的地方，不，應該說，我不知道該如何處理我的性慾。」

奈津子的國中與高中，都是就讀女校，能夠接觸到的男性，大概僅止於醫生而已。同學當中有人上補習班就有機會認識到異性，但是她的身體欠佳，都是聘請家庭教師到家裡。

於是，在她二十五歲的時候，她決定找一位應召牛郎。

奈津子對任何人都很難敞開心扉，只有一位氣味相投的知心好友，此人就是五年前開始，每天都到家裡照顧她、大她一歲的女看護。她們兩人的感情好的就像親姊妹，所以，奈津子才敢向她提及困擾許久的性方面的困擾。在日常生活中，她對奈津子照顧得無微不至，也會把奈津子的頭髮染成漂亮的咖啡色。

有一天，她為奈津子帶來一堆流行服裝雜誌、髮型雜誌，其中也包括適合女性的色情雜誌，奈津子非常感激她的體貼，就在這個時候，她在雜誌上看到一篇應召牛郎的廣告。

「要不要試試看？」女看護半帶玩笑的對奈津子說。

「什麼？我才不要！」

奈津子一開始是嚴厲拒絕，但是，她又隨即想到如果不掌握住這種機會，可能一輩子都無法接觸到男性，因此，她下定決心拿起電話。

站在她眼前的是二十五歲的年輕男子高橋先生，他在大學時代曾經參加過幫助殘障人士的社福團體，或許是因為有過類似的經驗，奈津子的殘障看在高橋的眼裡，似乎沒有讓他有任何距離感，他完全把奈津子當做普通的女孩子。

「如果是不熟識的人，一看到我坐在輪椅，一定會東問西問。我喜歡和別人聊天，我希望自己就像世界上的平凡人一樣，但是總覺得有些格格不入。不過，我可以很自然的和高橋先生聊天，我們可以天南地北聊個不停，聊服裝、聊電視節目。高橋先生完全不會在意女生的外表，和他在一起讓我很放心，即使不做愛，只要見面聊天就讓我很快樂了。光是聽到他的聲音就讓我心滿意足，只要他握著我的手，我就覺得自己是全世界最幸福的人，我信賴他，總覺得跟他很親。」

「妳在戀愛了吧！」

聽到我這句話，奈津子停頓了一下。

「但是，如果我向他表白我的心意，恐怕我們的關係就結束了……。其實我一直擔心如果下次他不願意來的話，我該怎麼辦？如果他討厭我而不願意來的話，那我該怎麼辦？」

奈津子也老實告訴我，她之所以願意接受我的訪問，也完全是為了迎合高橋，因為這件事是牛郎店老闆拜託的，如果拒絕採訪，她擔心高橋會不高興。

「第一次的性，妳有什麼感想？」

「這件事嘛……反正就是這樣嘛！高橋先生問我是否有過性經驗，我告訴他從來沒有。」

不過，讓奈津子感慨最深的，其實是「泡澡」的過程。

「回想起來，打從出生到現在，我從來沒有和人一起泡在浴缸過。我沒有辦法一個人洗澡，每天都是由看護幫我沐浴，不過，看護是穿著衣服，而且不會進去浴缸。小時候，爸媽也不想和我一起洗澡，因為每當媽媽看到我的身體，就會哭著責備自己，認為一切都是她害我的。」

奈津子的雙手可以活動，但是一彎曲就痛，所以根本無法自己進入浴缸，平常都是由男司機把她抱到浴缸，再由女看護幫她洗澡。

「被男司機看到妳的身體，不會不舒服嗎？」

「不會，反正股關節症這種疾病，就是常常會被別人看到那個地方，即使對方是男性，我也不會覺得怪，醫生也把我當做一種商品般看待。」

雖然應召牛郎對身心障礙者有半價優待，但是每次兩個小時也需要一萬日幣。奈津子每星期電召一、二次，這筆不算少的費用完全由父母負擔。

「爸媽都知道我找應召牛郎的事情，他們也認為像我這種身體，一輩子都不可能戀愛或結婚，實在很可憐，所以……」

「誰都無法確認妳一定不會結婚，或許明天就會出現一位優秀的男生。」

「不，我是打定主意絕不結婚，我連自己都無法照顧，更不可能為心愛的男人做飯、洗衣，我很怕看到心愛的人露出悲傷的神情，更不忍心讓心愛的人一輩子幫我推輪椅。如果又生了孩子，我更幫不上忙，爸媽生病了，我無法帶他們上醫院，也無法照顧他們，反正我什麼也做不了。」

奈津子用沈重卻又淡然的聲音說出她的看法，聽完這番話，我可以深刻感受到她的想法。

她完全摒除戀愛、結婚的念頭，改以選擇牛郎的方式來紓解寂寞芳心。

「妳對花錢買性愛有什麼看法？女人應該比男人更抗拒這種事才對。」

「我也是人，身心障礙者也是有感情的，花錢買性或許是不好，但是，我實在找不出其他的方法。反正我認為這種機會非常好，以後我還是會繼續利用。

有些人確實沒有戀愛或做愛的機會，一般人總認為性愛商品化是一件傷風敗俗的事，但是，如果能讓有缺陷的人有機會露出笑容，為什麼不容許這種事情呢？」

她之所以把十指塗上美麗的彩繪，是有理由的。

「因為他第一次來的時候，稱讚我的指甲很漂亮，我很高興，這是有生以來第一個男性稱讚我。」

奈津子真的很想談戀愛，但是她卻打算死了這條心。所以，我非常誠摯的為她祈禱，如果她和「白馬王子」的戀情可以開花結果，當然是最讓人高興的，即使不行，就把認識他當做是讓她對戀愛更具自信的強心劑。

女性身心障礙者通常會受到雙重歧視，第一重是身為身心障礙者，第二重是身為女性。女性對外表的重視程度更勝過男性，甚至對於戀愛、結婚、性愛都會造成影響。能夠像奈津子這樣電召牛郎的女性實屬少數，因為女性通常會抗拒這種事情，而且費用也是一項負擔。

然而即使如此，女性和男性一樣有性慾，就算沒有情人，也希望有一個可以滿足性慾的對象。女作家小山內美智子是札幌草莓會（專門幫助身心障礙者可以自立生活的社福團體）會長，本身也是腦性麻痺，雙手無法動彈。她在自己的著作《坐在輪椅上喝咖啡到天亮》中提到，她曾利用沖水馬桶的溫水來自慰，但是對女性而言，某些地方不是利用自慰就可以獲得滿足。

於是，出現一位自告奮勇的男士，願意免費為這類女性提供性服務。

＊

「聽說有個男人願意為身體殘障的女性提供性服務，妳們有興趣嗎？」

真紀把這件事情告訴另外四個女人，她們都是三十幾歲的殘障人士，而且都是頸髓損傷、脊髓損傷、腦性麻痺等嚴重的殘障程度。

「對方是什麼樣的人？」

「在療養院工作，四十出頭，可以幫我們保護個人隱私，對殘障方面也很了解，其實我被他擁抱過。」

真紀今年三十二歲，因腫瘤造成頸髓損傷，鎖骨以下沒有感覺，全身完全無法動彈。

「那麼，我們是不是也去找他？」

「好像不錯喔！」

她們個個變得有點積極。像她們這樣很想與男人溫存卻又不可得的女人一定很多，不過，真紀的心情卻又帶點複雜。

「可是，他有女朋友了。」

聽到真紀的話，大家的表情開始僵硬，其中一人斬釘截鐵地說：

「這樣的話就不行，會愧對他的女朋友。」

對女性提供免費性服務的，就是前面提過的佐藤英男。他曾經當過性義工，例如他犧牲假日帶著重度腦性痲痺的竹田前往色情店，也曾經幫助過療養院的男性身心障礙者進行手淫，但是，他發現女性對性的需求似乎比較不被重視。

荷蘭有一個名為「性義工」的組織，在自治團體的援助下，已有組織化，佐藤認為日本總有一天也需要這類的組織，所以，他認為不妨先由自己開始做起。

「讓殘障女性擁有性經驗的話，我認為對於她們的戀情是有幫助的。不過，並非每個女人都需要性，有時只要牽手、親吻或是一起躺在床上就足夠了，因為能夠碰觸彼此的體溫是很重要的。」

因此，他把這番想法告訴真紀。真紀在女性身心障礙者中通常扮演老大姊的角色，有關性方面的問題都會找她諮商。

令我懷疑的是，男女之間的性，果真可以以「義工」的形式來達成嗎？我向佐藤提出我的疑問。

「佐藤先生在做那件事的時候，會勃起、射精嗎？」

「當然會，所以，跟我為男性進行的性服務是有很大的不同。」

「旁人看來，可能會誤認為你是在玩弄她們。」

「不過，我絕對沒有任何玩弄的意思，當然更不可能是為了金錢，社福團體或醫療院所的人認為女性身心障礙者並沒有生理上的需要，而且也認為沒有這方面的需要會比較輕鬆。但是，我認為身心障礙者為什麼不能享受性的快感？而且一定也有療養院的職員或醫療人員，甚或身心障礙者的家人在幫助身心障礙者解決性方面的需要，所以，我希望將這件事透明化。我可以接受批判，只希望有更多人探討這件事。」

但是，就在擔任性義工的期間，他的信心開始動搖。他希望服務的對象不只是真紀而已，也希望能夠服務其他的女性，但是不久之後，他逐漸感到不安與缺乏自信。

「前往需要花錢的風月場所的話，花錢的人和服務者之間的權利義務區分的非常清楚。但是，免費服務的性義工，有時候可能會射精，如此一來，兩人之間的關係就有點模糊不清了。像我幫助男性身心障礙者自慰時，我的手指和對方的性器官之間的界限非常清楚，面對異性，情況就完全不同。」

他的這番話讓我覺得，他和真紀之間的性關係，或許並不屬於「義工」的性質，究竟他們兩人之間是何種關係呢？

「我這麼說或許很抱歉，不過，也可能是我對於和女性身心障礙者性交這件事有興趣吧！為了了解性義工的制度，必須先有類似的經驗，這可能是我對這件事所找的冠冕堂皇的理由吧！加上義工兩個字，就是一道『免死牌』了。總之，如果是金錢交易，兩人的關係反而比較清楚明確。」

聽了佐藤這番話，我決定拜訪真紀小姐。二〇〇二年五月，在一個細雨紛飛的星期日，或許因為下雨的緣故，街上比往常寂靜。當時真紀因身體狀況欠佳而住院，醫院附近是著名的賞櫻勝地，一整片綠色嫩葉令人目眩。

她住在一棟古舊的醫院，星期假日醫院一片肅靜無聲，燈光昏暗，只有我的腳步聲迴盪在走廊。

走進病房，真紀給人最印象深刻的是她那雙炯炯有神的眼睛，說起話來乾淨俐落，雖然躺在床上，看起來卻一副健康寶寶的樣子。平常她是一個人獨居，也有工作，聽說很愛喝酒，不過，我認為不應該帶酒探病，就買了一些甜點當做探病的禮物。聽到我的說詞，卻引來她的訕笑。

「在醫院我也喝酒，最近我比較愛喝日本清酒或威士忌。」

不論外觀或內在，她看起來一點也不像病人。她是在二十九歲的時候變成殘障，主要病因是頸椎腫瘤所造成。

「從十八歲起我的全身長滿腫瘤，手術的次數多達數十次。」

她就像在談論別人的事情般平淡說著自己的故事。二十一歲時又罹患過乳癌，在此之前她一直非常健康，是某企業贊助的運動選手。

從病床的縫隙可以看到導尿管，她必須二十四小時接導尿管，排便則由看護幫她處理。

談論到有關性問題的時候，真紀似乎不想讓看護人員聽到。

「請你出去一下好嗎？」等到看護人員出去之後，她才又打開話匣子。

「身體殘障之後，我曾經和兩個人交往過，第一位大體上沒什麼問題，他不太了解這種病，也從不考慮其他事情；但是第二位就比較不一樣，他是體育老師，我們曾經交往過一年，他仔細閱讀過和我的病情有關的書籍，所以反而造成他的壓力。」

真紀的下半身沒有感覺，根本無法感受到高潮，這件事令男友非常在意。尤其當他知道不論插入性器官或是撫摸真紀，都會讓她感到不舒服或是血壓升高時，他就更不敢和真紀有親密的接觸。

根據真紀的說法，只要她集中精神，還是可以找到令她感到非常舒服的敏感帶，有感覺的部位還是非常敏感，而且可以帶給她相當大的快感，但是，這卻需要雙方坦誠溝通。對方過度在意此事，反而很難讓彼此滿意，結果兩人只好走上分手之途。

「反正都是錯在我的病。男人不了解這種病也沒關係，就算知道，我也希望他佯裝不知道，因為我不喜歡聽命於人，我開口需要幫助的時候，才需要別人對我伸出援手。」

真紀從來沒有見過雙親，她從小就是孤兒，一直在孤兒院長大，十五歲開始獨立生活。或許是因為這種成長背景，才讓她具備如此強烈的獨立心態。

「有時候我也想表現出軟弱的一面，但是我做不來！」

正因為如此，真紀後來也想通了一件事，她根本就不需要談戀愛，只需要有個人能夠和她做愛就夠了。但是，令我不解的是，以她的身體狀況，為什麼要如此執著於性這件事？

「我也有性慾和希望被擁抱的慾望，即使不能做那檔子事，我還是需要碰觸到男性的體溫。因為我需要擁有『忘我』的時間，包括做愛、獨自喝酒都是。為了掌控我的精神層次，我認為做愛是不可或缺的。」

就在這時，她認識了佐藤。當時佐藤正在蒐集有關女性身心障礙者性方面的資料。他向真紀請教有關女性身心障礙者的性或排泄方面的問題，彼此談得很投合，偶爾會到對方家中喝酒聊天。

就在很自然的情況下，有一天，他們就決定試試做愛。

直到現在，真紀還是很懷念和佐藤的性。他很溫柔的愛撫真紀有感覺的頸部、耳朵，真紀雖然不能採取各種性交姿勢，但是她會用挑逗的語氣誘惑佐藤，或是舔舐他的性器。佐藤則會耐心尋找真紀的敏感帶，並且溫柔的問她：「是不是這裡？」

真紀說他們兩人完全處在渾然忘我的境地，忘記身邊任何事情，也忘記彼此是誰！

「我隨時都保持兩、三位做愛的對象，不過我們絕對不提彼此的私事。」

這一點卻是讓我大感不解。她沒有任何家人，而且又身患重病，所以更應該找一位可以完全接納她的男性才對呀！

「我也覺得這種事並不好……」她只說到這裡就停住了。

我也感受到似乎不應該再深入追問下去，看著窗外，雨水由小漸大打在院子的樹上。

我帶著膽怯的心情，提出另一個問題。

「妳認為佐藤和妳做愛真的是抱持義工的態度嗎？」

「其實某些時候是他向我提出做愛的要求，所以，或許在某種意味上，我也算是他的義工吧！」

我認為他們兩人的關係應該算是一對戀人，但是，她卻否認此事。

真紀說佐藤為女病友做性義工這件事，讓她開始思索其中的對錯。

「剛開始我覺得這種事確實有它的意義存在，但是後來我卻感到懷疑，因為女性很容易受到傷害。想做愛就有人陪妳做愛固然是一件好事，但是萬一愛上對方的話就很難收拾了。」

佐藤有女朋友的這件事，曾經讓真紀的內心受創，不過，佐藤的女朋友一定受到更大傷害。所以，並不是簡單說一句「性義工」，就可以掩飾一切。

後來，佐藤和真紀的想法漸行漸遠，真紀無法接受佐藤結交女朋友，佐藤卻把心思全放在女朋友身上，後來佐藤也感受到真紀的醋意，在眾人交相指責之下，佐藤感到心力交瘁，最後只好保持一段距離。

「我常勸年輕的女孩子一定要戀愛，因為一旦身體殘障就不知道是否還能做愛。我常常跟她們說，想找男人做愛其實並不難，所以有機會就要把握，千萬別等到身體殘障後，才把處女獻給男朋友，那是很容易受傷害的。」

她常勸年輕的女孩要談戀愛，我懷疑大概是因為她本身也想談戀愛吧！

後來從佐藤的口中，總算解開我心中的疑惑！

「真紀以前結過婚，還有一位讀小學的女兒，她是因為身體殘障才和先生離婚的，而且聽說她大概只能活三年或五年。」

就是因為這樣，她才會說不想再戀愛了嗎……

一年半之後我們又再度見面。真紀出院後一直獨自住在公寓。

「佐藤先生，娶我好嗎？」

真紀一邊把啤酒罐湊近嘴巴，一邊用戲謔的語氣說道。

「不行、不行，絕對不行！來，來吃點生魚片。」

真紀、佐藤和我三個人，在真紀的住處一起喝酒。佐藤後來又出去加買一些酒菜，花了五千日圓買了各種下酒菜和罐裝啤酒，結果還剩下一大堆。只要是由他採買東西就會落得這種後果，因為他會發揮他的服務精神，考慮這個又考慮那個，結果就買下一大堆東西。

他們兩人又恢復以前的好朋友關係，這是因為他們原本就很關心彼此，根本不可能跟對方疏遠太久。

但是，他們現在已經不做愛了。

真紀把手機簡訊拿給佐藤看。

「什麼？又是男生的簡訊嗎？」佐藤戲謔說道。

「嘿嘿嘿，他勤快的很呢！」真紀回答。

真紀有三個男朋友，分別是三十九歲、四十二歲、四十五歲，三人都是有婦之夫，其中一個正和妻子分居當中，甚至還把家裡鑰匙交給真紀，並對她說：

「妳想來就來，即使我不在，妳也可以來我家休息。」

這個人是真紀以前看病的大學醫院的醫師，不過並不是真紀的主治醫師，而是有一天兩人一起他們兩人都有孩子，而且又可以談論離婚方面的話題，所以兩個人非常情投意合。搭電梯認識的。

據說前不久對方還送給她一枚戒指，但是真紀完全沒有戴在手上。

「妳把戒指放在哪裡？」我問。

「應該在電視上面吧？」她有點曖昧地回答。

「你們在醫院有機會碰面嗎？」

「呵呵……我會找機會，不過後來被我的主治醫師看穿而遭到嚴厲責罵，因為他雖然和太太分居，總還是有婚姻關係……」

另外還有兩位男朋友，一位是出版社的職員，他們是在路上碰到，後來就變成好朋友；另一位是一般的上班族，他們是因為陰錯陽差寄錯郵件才開始交往的。

對於真紀這種積極的態度，確實讓我佩服不已；然而她卻開始為我擔心起來，對我提出各種有關感情方面的建言。

雖然身邊有三個男朋友，但是，她似乎打從一開始就不想跟其中一位定下來。她不會找他們商量任何事情，也不想跟他們談論深刻的問題，只想保持很輕鬆的關係。她不想確認自己是否喜歡他們，如果對方想結婚的話，她會義正詞嚴的要他們別再說下去。

「或許是因為沒有愛情的成分存在吧！所以，我才能跟他們三人保持友好關係。」真紀說。

真紀為了積極享受性，還會特地找醫師或看護師諮商，為了減緩因陰道乾澀引起疼痛，醫師會開給她凡士林或是醫療用的潤滑劑。另外，她也會向醫師請教有關做愛時壓到腹部就會放屁的問題。

「聽說女性專用的威而剛就快要問世了，我曾經試過男性用的威而剛，但是只有心臟跳個不停，對女性一點也沒有效。」真紀又用戲謔的語氣繼續說下去。

「我結過婚，也生過小孩，也工作過，我對我的人生已經很滿意，所以，並不需要利用男性來填補我的寂寞。做愛只是讓我感到心情平靜，如果沒有接觸到別人的體溫，人就很難活下去。」

「以後妳和佐藤還會做愛嗎？」我把內心的疑問說出來。

「這個……如果實在找不到什麼人的話，可能只有拜託身旁的佐藤了……不過，我還是希望和別的男人……」

她和佐藤並沒有肉體關係，兩人常在一起喝酒聊天，喝醉時佐藤也會照顧她，並聽她發發牢騷，她甚至不擔心佐藤看到她不好的一面，所以，兩個人可以說是坦誠相交的好友。

另一方面，聽說佐藤的女友也可以諒解他擔任性義工之事。這件事倒是令我相當不解，因為「性義工」的真正含義就是必須和別人做愛，她居然可以包容此事。

佐藤離婚過兩次，第一段婚姻有一個孩子，第二段婚姻有兩個孩子，他都沒有得到監護權，但是，大概每個月會帶孩子去泡溫泉或滑雪。

他曾經向女友求婚，女友也答應了。為了和女友展開新生活，他把和父親一起居住的公寓內的榻榻米全部換新，但是，就在搬過來的前一天，她卻打電話告訴佐藤無法跟他結婚。

「老實說我也不知道她的理由是什麼？哈哈哈！」佐藤有點事不關己的述說這件事。

「佐藤先生不會再做性義工了嗎？」我問。聽說佐藤蒐集有關性方面的參考資料已經超過三百冊。

「對異性從事性義工是一件艱難的事情。」他說話的聲音帶點彆扭。

「他呀，以前對我服務的時候還很ㄍㄧㄥ呢！對不對？」真紀故意糗他。

電視裡傳來年終大戲「來自北國」的主題曲。

「妳們兩個好好聊吧！我要看電視了。」

佐藤丟下這句話，就自顧自看起電視，他很喜歡「來自北國」這齣戲，在家的時候還會把它錄下來，因為他出生在北國。

「前不久我帶女兒去迪士尼樂園，住在裡面的飯店，整個房間統統是米老鼠！」真紀說。

真紀滿臉幸福地敘述這段過程，時間就這樣緩緩逝去。就在此時，我看到屋內的一面牆壁和整個冰箱，貼滿了她和女兒的照片，有扮鬼臉的、有嘟著嘴巴的、有嚴肅的表情、有噘嘴的、還有開懷大笑的……

她住的地方離前夫家很近，所以每星期可以和女兒見一次面，她最大的心願就是看著女兒長大成人，希望女兒永遠幸福快樂，但是，她不願意讓女兒看到她的人生末路，不希望女兒為她傷心，她只希望自己能夠孤獨死去。

「新年的時候我們再好好喝一杯好嗎？我打算燉煮內臟，妳敢吃內臟嗎？我的廚藝不錯喔！下一次我們一定要喝到天亮，妳可要做好準備。」她笑笑地說著。

她今天的心情似乎不錯。

「有時候和佐藤喝完酒，我就留他下來，讓他睡在我隔壁的床上。」

話題轉到她的導尿管時，她二話不說就脫下睡褲，讓我看導尿管。

後來我先離開她家，他們大概會喝到天亮吧！位在東京郊區的這裡，氣溫比市中心還要低。我在等待電車時，不禁哼起「來自北國」的主題曲，腦袋裡則想著他們兩人的事情。

最後一班電車駛進月台時，我突然想起真紀不久前說過的一句話。

「對女人而言，性義工這個名詞簡直是一種恥辱！」

就像是為了印證真紀的這句話一般，那四位曾經聽真紀說過「性義工」的女性身心障礙者，沒有一個和佐藤碰過面。

第5章

是誰在睡覺？

智障者的環境

「我很喜歡接吻，但是我不喜歡做愛！」

二十五歲的佐佐木真由美是一名在食品工廠上班的輕度智障者，讓人印象深刻的是灰框鏡架後的那雙清澈眼神、以及一張櫻桃小嘴。

真由美正在交往的情人名叫今村浩司，三十三歲，從事垃圾分類的工作，他也是智障者，住在專為鼓勵智障者自立所設的療養院，兩人喜歡聊時裝方面的話題，常常穿著情人裝。

兩人交往至今已經是第五年，但是從來不曾做過愛。每個週末浩司回到父母家時，兩個人只會在二樓房間裸身愛撫，不會有進一步的發展。

主要原因是真由美不願意。

「其實我也希望能讓他進去，但是在摸摸的時候我就會叫他停住，如果不這樣，他就很難控制住。其實我喜歡被他摸摸，他也喜歡被我摸摸。」

「這樣浩司不是很難過嗎？」對於我的問題，浩司只露出曖昧的微笑。

為什麼真由美不願意做愛呢？

「如果有寶寶的話，會很對不起我媽、他的父母和全部的員工。我媽曾跟我說過，如果我有小孩就不再理我了。」

「如果擔心懷孕，可以用保險套啊！」

「如果保險套破掉了，可就麻煩了！」由這些對話可以得知真由美擔憂的事情。

真由美雖然非常抗拒做愛，但是並不表示她沒有這方面的經驗，過去她曾和六名男性交往過，並和其中三位有過性愛經驗；浩司這方面則從來沒有性經驗。難道她不擔心浩司會對別的女生移情別戀嗎？

我總覺得真由美除了擔心懷孕之外，一定還有其他的原因。

「以前我曾經把跟別人做愛的事情告訴我媽，因為我實在不喜歡欺騙她，結果卻被罵到臭頭，我媽說結婚之前都不可以和男人上床。總之，如果我媽不理我，我會活不下去。」

真由美國中的時候，父親就死於白血病，她和母親、妹妹相依為命。

最近他們兩個人有了結婚的念頭，但是雙方家長反對，只好暫時同居。其實他們都很喜歡小孩，但是，雙方的家人都嚴正警告他們不得生小孩。

既然已經同居，應該就會做愛，但是真由美說：

「不行，就算是住在一起，在正式結婚之前都不可以！」

三十幾歲的廣田由香是另一位智障者，她對做愛一事則抱持否定的態度。她有一位已經交往兩個月的男朋友。

「我們從不做愛，結婚之前我絕對不要發生關係！」

過去她也曾經有過性經驗。二年前，同年齡也同樣是智障的男朋友突然在路旁一把抱住她，並且把她脫個精光。

「那個人還算不錯，但是卻只在乎我的肉體。就這樣被他上了，我覺得很辛苦，每個跟我交往的人都只是為了我的身體。」由香娓娓道來。

十九歲時，曾和另一位智障者交往，當時就被對方強迫性交數次。

「我到學校哭著跟老師談這件事，希望老師為我設法，老師把這件事告訴我爸，我爸找他大罵一頓，但是沒隔多久，他又來強暴我。」

他們性交的地方是在「身心障礙者專用廁所」，是一個骯髒、狹窄的空間，由香非常害怕。

「你們從來不曾在家裡或賓館做過嗎？」

「沒有，都是在廁所或路旁。」由香以不悲不喜的表情回答問題。

星期一到星期五由香都在工廠上班，家裡有一個大她三歲的姊姊，姊姊沒有智障，已經結婚。

當她把被男友強迫性交的事情告訴姊姊時，姊姊告訴她：

「交男朋友的時候，不可以一下子就進入戀愛關係，應該先從普通朋友開始。」

現在交往的是一位腦性麻痺患者，今年三十八歲，她曾把過去所受到的性暴力告訴現在的男友。他們見面的時候，男友並不坐在輪椅，而是由她牽著步行。由香的父母非常反對這件事，所以兩人都是偷偷約會。

他們在殘障團體舉辦的保齡球賽中認識，由香非常喜歡他，所以認識的第三天就用手機發簡訊給對方，並開始交往。前不久，兩人還到大阪天保山的水族館約會。過去幾次的戀愛經驗中從沒有好好約會過，對由香而言，這次的戀愛經驗讓她留下非常愉快的回憶。

在女性成人中，對性愛抱持強烈否定感的並不多，不喜歡性行為的其中一個原因就是曾經有過不愉快的性經驗，也就是說未經女性同意而進行的性，就算是一種痛苦的經驗。不過，以由香的例子來說，她之所以不喜歡性，真的只有這個原因嗎？我認為另一個因素應該是父母、老師或身邊的人經常對她提到「婚前不可以有性行為」，才讓她對性如此反感。

和其他身心障礙者比較起來，智障者的性問題更被視為一種不可談的禁忌，也就是一般所說的「不要吵醒沉睡中的孩子」，所以，就不太積極對智障者進行性教育。

但是在另一方面，智障者的身體一旦成熟，有時候就會做出脫軌的事情，為了打破目前這種狀況，已經有人開始試著為智障者爭取性方面的奧援。

二〇〇三年四到十一月間，每個月在大阪召開一次「智障者與支援者的性研習會」。共有九位智障者和包含養護院職員與智障者家屬共十位人士參加，由香也是其中一位。這是由NPO（專門支援智障者的公益團體）和EPO（授權企劃協會），在某大製藥公司的贊助之下所舉辦的。

這項研習會的主講者是黑瀨清隆和他的夫人黑瀨久美子，黑瀨清隆主要負責「失戀社團」（專門輔導性教育或諮商的一個組織）的一切會務，妻子久美子擁有保健師的資格，從二十幾年前就和許多國中攜手合作性教育，並且於一九九五年成立「失戀社團」。一開始是採取電話方式的性諮商，後來並擴展到以小學、國中、高中或PTA為對象，經常舉辦性教育座談。負責智障者性教育演講的黑瀨清隆，原本是在金融企業擔任電腦程式設計，於一九九九年離職，專心負責這方面的活動。

這次的研習會是把智障者、家屬和養護院的職員分開，分別進行座談。

為了讓智障者更了解本身的器官，他們預先用紅色、黃色或水藍色等顏色鮮豔的布料，製作出男性與女性性器官的模型，讓他們記住「大陰唇」、「小陰唇」、「陰道口」、「陰蒂」、「精巢」等性器官的名稱，讓他們一起討論約會計劃，主要目的是希望讓大家有機會配成一對。另外，為了加深他們對情人、結婚等等的印象，就利用許多明星的照片，由他們挑選喜歡的類型，再告訴他如果這個人說了什麼話，你就要如何回答。

在八次的研習會中，有兩次是採取住宿方式的研習營。在最後一次研習營，由社福團體表演一場針對智障者所演的短劇，劇名是「向愛人求婚」。劇情包括如何在電車、海邊追求異性？什麼是男女生聯誼？甚至還表演到搭訕的方式，例如「我以前就見過你（妳），我知道有一家餃子館很好吃，要不要一起去？」並且利用短劇來表現如何和情人牽手、接吻？想結婚的人如何求婚？把陽具插入陰道就會生寶寶等等。他們是希望藉由這些精心安排的短劇，可以讓他們對於戀愛或性有更進一步的的了解。

研習會之後的三個月，他們又在大阪市某飯店，舉辦研習會心得會報。包含智障者本人、家長、養護中心的職員和啟智學校的老師共有六十人參加。

也就是對這些曾經參加過研習會的智障者，進行更進一步的授課。

這一次，由三位職員分別戴上代表青蛙、貓和人的面具登場。

黑瀨清隆擔任主講人。

「青蛙說呱呱的時候就是表示喜歡喜歡，根本不管母青蛙是不是願意；貓說喵喵就是說喜歡喜歡，也不管對方是不是願意。不過，人類的愛情就會尊重別人的心情。對了，你們是哪一種呢？」

大部分都回答是「人」，但是也有人回答是「貓」或「青蛙」，惹得全場哄堂大笑。

接下來是讓大家體驗「生產」的過程。把一大塊布貼在三合板上，做成子宮的樣子，然後用好幾個游泳圈重疊放在板子上，做為陰道。男性員工穿著一條設有陰莖模型的圍裙，並且讓它「勃起」，射精到子宮後，球狀的受精卵如何在子宮著床，以及受精卵成長的過程都一一重現。然後，讓每個參加者通過游泳圈，體驗類似生產的經驗。每當有一個人通過，全場就熱烈拍手。也就是利用這種方式來說明「我受精了」、「我著床了」、「我誕生了」的含意。對普通人說明這類事情的時候，通常是用「媽媽受精了」的方式來說明，但是，在這裡完全以「我」為主體，來孕育自我肯定的感覺。

「『性』寫起來就是由『心』中『生』出來的，所以每個人都必須快樂！」主講者一說完，就彈奏吉他帶領大家一起合唱「古老的大時鐘」，隨後就結束這次的研習會。

「妳對這次研習會有什麼看法？」我問。

「剛開始一直說到性，讓我感到很害羞，不過，很高興可以交到朋友。」由香說。

「他們的解說很容易了解，學校根本不教這方面的事。」這是另一位三十多歲男性智障者對這次研習會的看法。

「參加研習會讓我很緊張，但是實際參加之後，我發覺不需要把性想成那麼困難，其實只要告訴他們戀愛的方法就可以了。」一位職員說。

「我對這種研習會也有種抗拒感，覺得很不好意思。我問自己什麼時候接受過這類的性教育呢？回到教養院，我把這次的研習內容向大家報告，但是，許多同事一點也不感興趣，甚至也有人說性這種事根本不需要說太多！」一位教養院的職員說。

我的看法是：對於這些二、三十歲的智障者而言，上述的表演方式是不是稍嫌幼稚一點了呢？

統籌這次研習會心得會報的是立教大學社福系教授河東田博士，他對此也抱持懷疑態度。

「這次的教學方式是否真的有用呢？我認為幫助不大。因為套保險套、做愛方式等等比較困難的事情如果沒有實際去做，根本就不懂怎麼做。在目前的啟智學校中，別說是告訴他們生小孩的事情了，連『性』都是被禁止的。如果想要支持智障者的性愛權利，並不是閉上眼睛不去想不去看，而是應該想辦法幫助他們跨越危險才對。」

事實上，河東田博士也積極採取行動。

他在四國大學任教的時候，曾經進入一對智障者夫婦的臥室，輔導他們進行性行為。

這對夫婦裸身躺在臥室床上，互相擁抱，河東田博士在床邊指導他們正確的動作。

「抱在一起的感覺很舒服對不對！」

就在這個時候，男方的陰莖逐漸脹大起來。

「對了對了，你們彼此撫摸身體之後，小雞雞就會變大，太太可以摸摸看！」

他請太太撫摸先生的陰莖，讓她了解陰莖勃起的狀況。

然後，他指示先生爬到太太的身上，也就是採取正常的性姿勢。

「把你的小雞雞放進這裡。」

他幫助先生一起確認陰道入口，並輔導實際插入。

聽到這裡，我很仔細觀察河東田博士的表情。我早就聽說過，河東田博士曾經為智障者夫婦舉辦過「性愛講座」，可以說是大阪地區「性愛研習會」的先驅，但是，我從未想過他會真槍實彈進行性愛指導。

為什麼他可以做到這個地步？

「我從一位認識的教養院職員的口中，聽說這對夫妻婚後到豪斯登堡蜜月旅行，但是，新婚第一夜卻是兩個人躺在床上倒頭就睡，這就是讓我思考這個問題的開端。」

接受輔導的是川崎正弘和佐知子這對夫婦。智障者的輕重程度可以分為最重度、重度、中度、輕度四種階段，正弘屬於輕度，佐知子屬於中度。蜜月旅行之後，這對夫妻依然是無性狀態，因為他們根本不知道該怎麼做才能生小孩，但是在有意無意之間，他們又經常透露出希望在兩年後生寶寶。

因此，河東田博士才會針對這對夫婦，舉辦「性愛講座」來講解性教育。

除了講座之外，還包括按摩指導，加強彼此的肌膚接觸，並且教導他們利用擁抱來製造親吻的氣氛，同時還會實際教導他們使用保險套的方法。

「其實我比較希望到他們家裡實際指導，卻不容易被接受，光靠講座是沒有用的，我認為這種事需要個別指導。」

於是，他就積極採取「現場性愛指導」的方式。

但是，有第三者在場，一定會讓人感到緊張，他所面對的是何種情況呢？
「女性方面一直無法變成溼潤狀態，這時候不論男性或女性都會感到不舒服，我會教他們延長愛撫的時間，或是使用潤滑劑，我希望從這些經驗當中找出比較有效的方法。」
河東田博士認為這對夫婦還需要繼續性輔導，這對夫婦也曾經數度主動邀請博士前去他們家。但是，有一天，丈夫毫無預警的以「今天很累」、「今天沒有心情」的理由加以拒絕，結果這對夫妻的無性愛問題至今仍無法解決。
河東田博士的這項努力已經將近十年，現在的狀況究竟如何呢？我前往德島訪問這對夫妻。
他們兩人住在三房兩廳的國宅，至今還是無性生活。
對於河東田博士的性指導，佐知子說出她的看法。
「河東田博士的性愛課程讓我很不好意思，因為以前從來沒有過，我不喜歡有人在旁邊看，如果是妳，妳會習慣嗎？」
「那時候，我很想快快做完，但是，博士卻都一直不喊停！」這是正弘的說法。
儘管他們夫妻並不做愛，但是直到現在，佐知子還是很想有小孩。
「我才三十五歲，應該還可以生吧？」

她以前曾經裝過避孕器，今年拿掉了，但是他們從來沒有做愛。

「我是很想有小孩，但是他又不跟我做。」

看來正弘並不想要有小孩。

「我們已經有小孩了！」

他們兩人很疼愛家裡的五隻布偶，手機裡的畫面就是這五隻布偶的照片，分別命名為「加油」、「大器」、「元氣」、「小渡」、「洋子」。

「你說的小孩就是這些布偶嗎？」我問。

「對啊！我打算最近再買一個，一輩子不做愛也沒關係，反正我們都很忙，最近我也忙著上網。」

我把視線移向佐知子。

「這樣的話就不能生小孩喔！」我說。

「我聽說可以人工受精，那個要打針嗎？會痛嗎？」

「為什麼妳這麼想要孩子呢？」

「這是一種夢想。就算是電影明星，結婚後也都會生小孩啊！不論殘障或正常人都要生小孩，如果有人說不行的話，就抓他去警察局、去法院！」

後來，河東田博士在回顧這件事情時，說了下面這段話。

「一開始，我認為只要改善他們的無性生活問題就夠了，但是，他們現在根本不在乎有沒有性。所以，重要的是彼此間的溝通和肌膚接觸，光靠性器官結合是沒有用的！」

河東田博士的性愛講座試辦了六年，後來就無疾而終。但是中斷了幾個月之後，許多當事者又紛紛希望性愛講座繼續舉辦，於是由相關人士承接，目前這種實驗仍在德島續辦。擔任講師的是香川短期大學副教授（二〇〇六年已升為教授）和泉富代，五十一歲。

「其實也有成功的例子，有一對智障夫婦前來參加這個講座。據說不久前有人發現這位先生一直追逐一個小孩，後來才知道是因為太太拒絕行房，讓他內心煩躁才會做出這種行為。參加講座的時候，會指導大家做一些簡單的按摩，但是一開始太太非常排斥，據說是小時候曾經遭過性侵。經過一段時間之後，太太逐漸敞開心胸，雖然現在還是無法和先生行房，但是已經可以享受親吻、愛撫等行為。」

這類女性在成長過程中，根本找不到適當的對象可以聊一聊小時候所受到的性侵經驗，所以才會一再否定性愛。等到參加性愛講座，把過去不堪的經驗說出來之後，就不再排斥夫妻間的性愛，反而可以抱持比較正面的看法。

二〇〇四年四月，和泉副教授宣佈要舉辦「賓館之旅」，我也參加了。

參加者包括兩對智障夫婦、一對正常夫婦、一名女性、兩名男性。輔導人員包括和泉女士和她的先生，以及「就業生活輔導中心」（專門輔導智障者自立生活的一個社福團體）的職員林彌生小姐。

這趟「賓館之旅」的主要目的，是要教導智障者各種可以做愛的機會和場所。即使兩人已是一對親密的愛侶，由於和其他人生活在一起，有時候很難有獨處的機會，這時候就可以利用賓館，讓彼此可以做愛做的事情。

我們前往德島的一家賓館。賓館老闆根據入口處的收費看板和卡拉OK的使用方法，向我們解說付費方式。據說剛開始尋找可以配合的賓館時，幾乎都被拒絕，這位熱心的老闆卻很爽快就答應。參加這項活動的智障者當中，除了一位女性之外，其餘都不曾去過賓館。

和泉女士在賓館的房間內向大家說明。

「我們家有爺爺奶奶，而且家裡都是木板隔間，很怕被家人聽到，所以我們常來賓館，可以喝啤酒、唱歌，然後再做愛。只要來過一次，就不會害羞了，所以，一開始要提起勇氣。」

據說在下一次的課程中，她打算要實際演出上床之前的整個過程，也就是要由他們夫婦臨場表演喝啤酒、互相愛撫、以及身體結合的情況。

「其實最理想的狀況，或許就是讓他們看到我們夫婦裸體的樣子，我也想過這一點，但是好像很難，讓別人看到自己的裸體，對我來說還是有些排斥感，這也是我的性愛講座的極限了。」

和泉女士的這個看法讓我非常驚訝！她冒著「吵醒沈睡中的孩子」的風險，選擇了一個最能了解性愛方法的講解方式。

林彌生則認為除了舉辦講座之外，更應該同時進行具體的活動。

「智障者本身如果想要獨立自組家庭，我覺得就該給予他們最大的支援。因為應該由他們自己決定自己所要的生活方式。以現狀而言，智障者大都受到家人或教養院的照料，本人少有機會去累積社會經驗，其實我認為讓他們在錯誤或失敗中學習是很重要的。

我們能夠做的就只有擴大支援範圍，也就是說，他們很可能會發生雜交或變成單親媽媽，但是只要不是嚴重傷害自己或傷害別人，他們都有權利去過他們想要的人生。我們不能只要求他們一定要過著嚴守貞潔的人生，而是應該告訴他們，人生只有一次，所以應該過一個可以自我負責，而且又是自己所要追求的人生！」

儘管有人大聲呼籲應該讓智障者可以跨越實際的性愛關卡，然而，這種說法卻又很難被智障者身邊的照顧者接受。

黑瀨清隆在大阪舉辦性愛住宿研習營的時候，據說在最後一天，一位照護者撞見兩位智障者悄悄在走廊親吻的情形，結果這位照護者驚訝到說不出話來。

「我對這件事的看法是喜憂參半，憂的是性知識尚未完全教導完畢就發生擦槍走火的事情。這兩個人說他們想睡在同一個房間，於是我就決定讓這一對和我妻子久美子、以及一位女性工作人員一起躺在一張雙人床上。我認為我們還處在由錯誤經驗中學習的階段。」

根據黑瀨清隆的說法，智障者並不會對身邊的照護者說出真心話。例如：在講座的休息時間談到賓館的事情，每位智障者大概會說「我知道啊」或是「那是相愛的人去的地方」，也就是說他們都知道賓館是一個什麼樣的地方。但是一旦休息結束，身邊有照護者的話，如果有人問智障者「你知道什麼是賓館嗎」，答案一律是「不知道」。或許他們是想佯裝不知來自我保護吧！

「從這次的研習營當中，讓我深刻感受的，就是照護者的成長似乎慢了一點。」黑瀨清隆語重心長的說。

從二〇〇四年四月起，EPO開始在東京都國立市試辦性愛研習會。

羅患「骨形成不全症」的身心障礙者安積遊步是東京的代表，她在八年前生了一個孩子，讓她感到難過的是教養院的校長對她說的一番話。

「我以為殘障人士根本沒有性慾，沒想到居然還有人可以生小孩！」

性愛研習會的講座內容還無法滿足她，她參加過在大阪舉辦的研習會心得會報，分組討論有關智障者結婚的問題。當時一位啟智學校的老師提出一項問題。

「大家是否思考過智障者結婚的問題？」

「老師對結婚的看法又是如何呢？」安積提出她的問題，沒想到老師立刻回答她：「別把我的事情混為一談！」

「談到智障者的性問題時，必須是每個人先認清自己的性愛本質，否則就很難進行下去。因為每個人對性的看法，會反映在處理智障者的性問題上。而且每個人也要謙虛的承認，有關性的問題，有些是沒有答案的，甚至必須在爭執當中找出正確的方法。假如研習營的目標是希望做到一百分的話，對智障者的教育恐怕只能發揮一、兩分的效果，其餘的九十九或九十八分，應該是針對智障者身邊的照護者才對。」

書名：

姓名：　　　　性別：______ 1. 男　2. 女

出生日期：　年　月　日　　連絡電話：

______教育程度：1.小學　2.國中　3.高中　4.大專（學）5.研究所（含以上）

______職業：1.學生　2.公務（含軍警）　3.家管　4.服務　5.金融　6.製造
7.資訊　8.大眾傳播　9.自由業　10.農漁牧　11.退休　12.其他

通訊地址：□□□______縣（市）______鄉鎮區______村______里______鄰
______路（街）______段______巷______弄______號______樓

email address：

【下列資料請以數字填在每題前之空格處】

______ **購書地點／**1.書店 2.書展 3.書報攤 4.郵購 5.網路 6.直銷 7.贈閱 8.其他

______ **您從那裡得知本書／**

1.逛書店 2.報紙專欄 3.雜誌廣告 4.網路 5.親友介紹 6.廣告傳單 7.其他

______ **您對本書的意見／**

______ **內容／**1.滿意　2.尚可　3.應改進

______ **編輯／**1.滿意　2.尚可　3.應改進

______ **封面設計／**1.滿意　2.尚可　3.應改進

______ **校對／**1.滿意　2.尚可　3.應改進

______ **定價／**1.偏低　2.適中　3.偏高

您的建議／

廣告回函
板橋郵局登記證
板橋廣第字137號
免貼郵資

八方出版
Ba fuN Publishing,co.Ltd.

讀友卡

台灣・台北縣新店市寶橋路235巷6弄6號4樓
讀者服務專線：（02）2910-7770
讀者服務傳真：（02）2910-9573
郵政劃撥帳號：19809050　八方出版股份有限公司
email:bafun.books@msa.hinet.net

感謝你閱讀八方出版的書籍，
寄回這張讀友卡（免貼郵票），
我們將致贈你精美小禮物，
及不定期收到最新出版訊息。

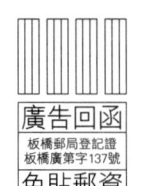

在這場研習會心得會報中，河東田博士曾經說過一句話。

「在目前的啟智學校中，別說是告訴他們生小孩的事情了，連『性』都是被禁止的。」

這句話具有重大的意涵，河東田博士認為其中包含有兩種理由。

「其中一個理由是，目前大多數的日本人，對於智障者或智障者的性、智障者結婚，仍然抱持否定的態度。視智障者為幼兒，並且認為即使他們的身體已經成熟，性方面仍然不成熟，如果教導性知識，擔心會成為性的施暴者，或是擔心他們缺乏養育孩子的能力，也就是說完全憑著偏見或錯誤的想法來思考這件事。」

「另一個理由是，日本的優生保健法是基於長久以來的優生思想所訂立，因此，人們常常對於智障者的性或結婚，抱持一種負面的思考。」

日本的優生保健法是於一九四八年訂立，主要目的是為了預防生出有問題的孩子，其中一個條文是，遺傳性精神疾病、顯著的遺傳性身體疾病、非遺傳性的精神障礙者或智障者，都不需要經過本人同意，就可以斷絕他或她的生殖機能。

河東田博士更進一步指出：

「一九五三年出爐的條文中，更增加了凡是經過審查必須進行優生手術時，即使本人不同意也可強制進行，不得已時，甚至可以利用強制手段、麻醉或欺騙等方法，這種條文簡直是荒唐。一九九六年雖已修改此條文，但長久以來的偏見已很難修正。因此，即使優生保健法已修改，人們還是根深柢固地認為身心障礙者不應生小孩！」

尤其值得重視的是，雖然優生保健法只允許輸精管或輸卵管的結紮或切斷手術，但是，以減少月事護理為藉口，對女性身心障礙者施行子宮摘除手術的例子卻時有所聞。

即使是現在，仍然有人堅持「不需要特別談論身心障礙者的性問題」。但是，每次聽到這個論調，就會不禁讓我想到，不論過去或以後，身心障礙者的「性」仍將被視為一種禁忌，「性」對身心障礙者而言仍然是不存在的！

第6章

響個不停的電話

荷蘭「SAR」的現況

「接觸太頻繁就容易發生感情，為了避免發生這種情形，我就輪流召喚兩名女性……」

談話經過三十分鐘後，亞德·坎崔普緩慢說出這句話。他坐在電動輪椅上，用溫柔的眼神注視我。

這裡是位在荷蘭首都阿姆斯特丹的附近——阿姆斯特芬市的身心障礙者療養院。出生九個月就罹患腦性麻痺的坎崔普，從小就住在這個療養院，直到三十六歲才搬出去獨立生活，後來又於二〇〇〇年回到這裡。

坎崔普所召喚的女性其實就是做愛的對象，兩個人都不是他的女朋友，而是屬於「SAR」（選擇人際關係財團）的團體，這個團體是採取收費方式，針對無法自行處理性慾的身心障礙者，提供性交或陪睡的項目。

這兩名女性分別是五十幾歲和三十幾歲，每個月大約兩次。坎崔普和年齡較大的女性已經維持五年以上的關係，由於他無法移動身體，做愛時完全由對方帶領。

「做愛對我而言，是一種紓解壓力的手段，我很滿意我們之間的關係。」

但是，輪流召喚兩位女性，就真的能夠避免墜入感情漩渦嗎？還是有可能會愛上其中一個啊！

對於我的疑問，坎崔普用他那一點也聽不出已經五十二歲的低沈聲音說：

「這個嘛……其實我覺得她們大概也不想這麼頻繁跟我做愛吧！」原本淡然的表情，此時卻不經意露出陰鬱的神情。

以日本來說，長久以來一直把身心障礙者的性愛視為一種禁忌，不，應該說身心障礙者有性慾是天經地義的事情，人們卻一直不肯加以正視，直到最近，才慢慢展開探討行動。

但是，前面提過的「性義工」似乎推展得並不順利，不論是義工或身心障礙者本身都是在失敗或錯誤中痛苦學習，有的根本無法處理感情問題、有的是因為萌生愛情而作罷、有的則是無法獲得周遭親友的諒解。

第一章的竹田、第四章的佐藤、利用網路募集性義工的阿葵經常會提到一件事：

「荷蘭有一個性義工的團體，所以日本也應該有。」

由他們的口中我才得知荷蘭有一個十分先進的團體，名為「SAR」。由於它採取收費的方式，所以嚴格說起來並不能算是義工性質，但是據說已經擁有長達二十年的歷史。

藉由這個團體，或許有機會讓外人得知日本身心障礙者的現狀，我很想真正了解SAR的情況，並且聆聽接受過性服務者的現身說法，這種想法時刻盤旋在我的腦海，並且越來越大、越來越強烈，於是，二〇〇二年冬天，我啟程飛往荷蘭。

阿姆斯特丹的史基波爾機場比成田機場大上好幾倍，前來迎接的是即將擔任翻譯的山本清子小姐，年約五十歲，婚後在荷蘭住了三十幾年。她說話速度極快，也是個緊張份子，常常找不到錢包或鑰匙，但是，做起事來乾淨俐落，相當值得信賴。

走出機場，一股冷冽的空氣迎面而來，坐上一輛和她年紀不相上下的藍色車子，我們就在車上聊起荷蘭性愛方面的情形。荷蘭的賣春行為是合法的，最著名的是紅燈區的「櫥窗女郎」，而且法律上也承認同性戀的婚姻。

「不僅如此。」山本繼續說道：「在監獄，如果受刑人遇到他原本的性伴侶，是准許他們使用專用房間的。即使不是性伴侶也無妨，可以花錢召妓，日本人絕對很難認同這種事吧？」

山本認為，荷蘭人之所以能夠做到這種地步，主要的背景是，大部分的荷蘭人信奉基督教的喀爾邦教派，主要教義是以慈悲心幫助他人；另一個因素是勞工黨持續組閣，在社會保障上更具積極性，另外，荷蘭人本身就具有關懷他人的國民性格，這些都是主要的原因。

荷蘭人對性的開放態度和獨特的國民性，然後延伸為對身心障礙者性愛問題的「諒解」。

山本的家位在阿姆斯特丹郊外、一條面海的幽靜街道上，停留在荷蘭的這段期間，她安排我住在閣樓裡的客房，為的是幫我節省住旅館的費用。

我深深覺得，山本小姐已經感染了荷蘭人的好客精神。

坎崔普所住的「阿姆斯特拉德殘障療養院」，是一所大型療養院，在荷蘭大約排前五名，裡面住有一百六十位重度身心障礙者，平均年齡四十歲，很多人就在院裡過世，工作人員大約二百名，半數是照護人員，換句話說，一位身心障礙者就配備一名照護者。

我和山本一起步入大廳，看到幾位身心障礙者坐在輪椅上，每人都保持緘默，雖然住在這裡的幾乎都是成人，但是整個療養院寂靜無聲。

凱斯．多拉格是療養院的經理，專門為身心障礙者提供服務。

「如果身心障礙者提出性服務的要求，我們會為他們做好準備。由照護者在身心障礙者的房間準備各種性愛道具，例如震動器或其他用品，然後退出房間，等到結束之後，再進去收拾。我們也會根據殘障的情形，特別開發出特殊的震動器，有時也會幫助身心障礙者和別的身心障礙者進行性行為，幫他們脫下衣服，把他們抱到床上，有時候還要為他們更換姿勢；如果不喜歡在床上，而希望在椅子上做，我們也會幫助裸身的兩個人坐在椅子上。」凱斯．多拉格說。

由他的介紹可以得知，這裡提供了非常完整的性環境，不過，法律上禁止這裡的員工為身心障礙者進行手淫或幫助身心障礙者性交，然而即使如此，過去也曾發生過違反規定的案例。

輪流召喚兩位女性進行性交的坎崔普，在他年輕的時候，也曾經請療養院的女職員幫助他手淫。

某天晚上，坎崔普和那位女職員像往常一樣在房間聊天，無意間談到性方面的煩惱，女職員二話不說就直接脫掉坎崔普的褲子，五分鐘左右就結束那樁事，但是，對坎崔普而言，卻是一段很漫長的時間。女職員則面露意味深長的表情。

幾個星期過去，有一次他們躺在床上，並沒有誰誘惑誰的問題，反正就是在很自然的情況下就發生關係了。不，應該說他們兩人之間已經產生感情了。

「這是打從我出生以來的第一次做愛，當時我三十六歲。」

原本他一直認為自己這輩子絕對不可能和女人做愛，甚至對感情之事完全死心，沒想到居然可以交到女朋友，對他而言簡直是天方夜譚。後來，他們兩人保持一星期做愛一次的關係。

後來，一股長相廝守的念頭在他和那位女職員的心中開始萌芽，他們希望能夠住在一起，能夠每晚睡在一起。於是，他搬出居住近三十年的療養院，回到出生的小鎮住在一起。後來她因故雙手成殘，無法工作，只好辭去療養院的工作，靠著年金過活。

但是，幸福的日子只有短短五年，有一天，她突然說不愛他了。由於五年來實在太幸福了，所以遭受到的打擊就相對的大。

坎崔普留在家鄉，過著孤獨的生活，四十八歲時因為一場車禍，造成脊髓損傷，由於殘障的程度更加嚴重，無法再獨立生活，他只好再度回到療養院。

「這場車禍讓我連自慰的能力都喪失了，院裡的朋友曾借給我一種勃起輔助器，但是我也無法自己裝上去，想請裡面的職員幫忙又開不了口，有時候鼓起勇氣請他們幫忙，但是也曾被拒絕過。」

坎崔普之所以會找來SAR的性服務員，並不只是單純解決性慾而已，有時候也是為了填補失去戀人的空虛感。

但是，這麼做果真可以填補內心的空虛嗎？

「和SAR的性服務員做愛當然不同於和女朋友做愛，因為女朋友可以陪我吃飯，心靈上也是相通的，就算是身體健康的人應該也是一樣的。」

現在，他並沒有女朋友，不過，他之所以避免固定召喚同一位性服務員，除了要壓抑自己的感情之外，還有另外一個原因。

「如果固定同一個女性的話，對方可能會誤解我喜歡她，如此一來，我就沒有機會認識新的女朋友了。」

「你之所以遲遲不談戀愛，應該還有其他理由吧？」

聽到問題，他平靜地回答我。

「她是我一生中唯一的情人，卻已經長達十年音訊全無，也不知人在何方。老實說，直到現在，我還是深愛著她。」

坎崔普的雙手無力，為了表達我內心的感動，我並不是跟他握手，而是改用雙手輕輕包住他的手。

離開療養院，坐進山本的車裡之後，我們兩個人都感到心情沈重，因為坎崔普從頭至尾的談話當中，不時傳達出正面的、合理的、陽光的說法，但是，我們卻可以看得出，他一點也不覺得自己是幸福的。

車子行走在夕陽餘暉的高速公路上，遠處天空可以看到一道道橘色光芒，山本說那是荷蘭的基礎產業——鬱金香的溫室所散發出來的光線。

「上帝真會捉弄人，像他這樣的人，居然還讓他擁有性慾！」

山本說完，緩緩嘆了一口氣，我輕輕點頭，但是卻也有些不太同意她的說法。

「最讓他受苦的，應該是擁有一個完全不符合自己個性的人生吧！」我說。

這句讓人深感無奈的話，就這樣迴盪在整個車內。

初冬的荷蘭，很晚才天亮，早上七點天空還是一片灰暗，我和山本驅車前往阿姆斯特丹郊外的小鎮，提供召妓服務的SAR的總部就位在這裡。

SAR是於一九八五年左右由某位身心障礙人士所創立，每年約有二千人加以利用，甚至連外國人的人數也逐年增加。SAR的利用者約有六成屬於智障者，剩餘的四成是身體障礙者，其中也有精神障礙者，不過人數較少，男性佔九成，女性不到一成。

提供性服務的人員則有十三位女性、三位男性，其中一位男性是同性戀者，還有一位是同時擁有男女性器官；女性服務員也願意為女同性戀者提供服務。

這項服務是收費的，一個半小時收費七十三歐元（大約三千二百元台幣），在身心障礙者家中或療養院進行性服務，但是如果車程超過一百公里，就屬於「出差」，收費八十六歐元。其中四歐元做為SAR的營運資金，剩餘的是性服務員的收入。換句話說，性服務員的收入不錯，但是對SAR而言幾乎沒有收益，大概相當於日本NPO的地位。

「這跟日本的賣春有什麼不同呢？」許多日本人提出這樣的疑問。

但是，我也曾遇過一位女大學生說出讓我大感驚訝的話。

「畢業後，我真想到SAR擔任性服務員！」

正當我在胡思亂想時，車子停在一連棟外型完全一樣的新興住宅區，我們按著門牌尋找，找到一外觀普通的磚造公寓，SAR就位在這棟公寓的某個房間，與其說它是辦公處，倒不如說是住宅。

一位坐在輪椅上的女士出來應門，體格豐腴壯碩，雙頰光滑紅潤，她就是SAR的會長瑪格麗特·舒洛達，六十八歲，還有一位擔任公關宣傳的男性，名叫勞·舒洛達。

原來這裡就是他們的住宅，大門邊的牆面貼滿許多孩子的照片。

瑪格麗特的笑聲非常爽朗豪邁，四歲時曾經罹患過肺結核，整天只能躺在病床上，甚至連青春期也在病床上度過。

「雖然躺在病床上，但是我不停告訴自己，我不想死，即使身上有殘障，我還是會過著非常有意義的生活。」

當她還可以行動自如時，曾經參加過在阿姆斯特丹舉辦的身心障礙者與健康人一起共度的週末聚會，在那裡認識了大她三歲，當時正在老人療養院服務的舒洛達。後來兩人陷入熱戀，不久就結婚，並且有四個孩子。

瑪格麗特三十一歲時，受到NVSH(荷蘭性改革協會）邀請，擔任身心障礙者性問題的電話諮詢，才展開這方面的活動，甚至連舒洛達也放下正業，擔任NVSH的公關與宣傳的職務。

但是，她認為電話諮商總有某些設限，於是想要真正從事與性愛照護有關的活動，於是兩個人就進入SAR，而且兩人都是免費的義工，生活上完全仰賴國民年金。

「SAR的理念是『我們不是石頭，再嚴重的身心障礙者仍然有性慾』，這一點讓我們有同感。」

她是在二〇〇二年夏天擔任會長。

瑪格麗特的工作是接聽身心障礙者的來電，據說創會的前任會長雷尼・菲克特，在二十年當中，每天坐在位置上接聽電話，從沒有休息過一天。現在的雷尼則擔任顧問，想做什麼就做什麼，生活很愜意。

「每天電話接不完，實在非常忙碌，雷尼是重度殘障，每天躺在床上，所以還沒有問題，但是我還可以外出走動，卻必須被死死綁在這裡，其實是很痛苦的。」

瑪格麗特說完，發出一陣爽朗的笑聲。聽到她的笑聲，使我很難啟齒提出我的問題，但是我還是鼓起勇氣說出來。

「妳是否提供性服務呢？」

原本和緩的氣氛一時間籠罩緊張的氣息，面對我的詢問，舒洛達的表情顯得有些僵硬。

「沒有，但是……」瑪格麗特停頓了一下，露出思考的神情，她把視線移向先生的方向，然後露出毅然決然的神情。

「二十年前我曾在療養中心學過自慰的方法，教導女性如何使用震動器，後來在那裡認識一位手腳不能動的男性，全身都打上石膏。當時我曾經指導他如何自慰，後來我更進一步用我的手幫他手淫。」

瑪格麗特本身也是一名坐在輪椅上的身心障礙者，不過，當時的殘障情況比現在輕。

法律上禁止幫助他人進行性方面的照護，一旦被發現，就可能會發展為責任問題，但是，她卻無法自我禁止，大概是讓她想起整天只能躺在床上的青春年少的歲月吧！

「其實我也不想做這種事，看到他興奮勃起的樣子也令我厭惡，但是，我卻會心生憐憫，於是就自然而然為他做了。」

瑪格麗特經常幫助那位男性身心障礙者進行手淫，直到對方去世為止。

聽到這裡，我開始為舒洛達感到擔心。即使已經事隔多年，聽到自己的妻子曾經為別的男人手淫，我認為應該都會感到不堪才對，所以，我禁不起自己的好奇心提出我的問題。

「舒洛達先生對此有什麼看法呢？」

「聽到這種事，老實說我並不能接受，但是，我現在卻可以理解，因為我知道並不是她主動想要做這種事，而是為了身心障礙者的需要才去做的。」

舒洛達說話的語氣不疾不徐，又接著說。

「當我們到學校或機關團體進行SAR的宣傳活動時，如果瑪格麗特說出自己曾經幫助別人手淫，相信很多人會問我『你不會吃醋嗎？』。」

舒洛達先生微微笑，同時把溫柔的視線投向妻子臉龐。

瞬間，我幾乎把想要發問的問題吞回去，不過，最後我還是鼓起勇氣。

「瑪格麗特，妳身為這個組織的會長，妳現在還可以進行性方面的照護嗎？」

「那已經是二十年前的事了，現在即使是為了幫助身心障礙者，我也做不到。」

「那麼，如果妳先生和身心障礙者做愛，妳的看法呢？」

「我非常不喜歡！」

居於瑪格麗特本身的經驗，現在的SAR嚴格規定，當性服務人員決定結婚的時候，一定要把工作的事情詳實告知結婚對象，並且每年都會舉辦一次聚餐，讓SAR的員工和配偶一起聚會。

但是，要取得另一半的諒解，不是一件容易的事，所以，這也經常是SAR的性服務員提出離職的理由之一。

「性服務員離職的另一個理由是年齡，在SAR成立之初就進來的性服務員，現在都已經相當高齡，所以就離職了，裡面甚至有人已經持續二十年。第二個理由是另一半的問題。即使一開始可以獲得另一半的諒解，但是如果和對方分手，又再婚的話，新的另一半可能就無法諒解，所以就只好離職。」舒洛達先生說。

就在此時，為我翻譯的山本女士不經意地對瑪格麗特說：

「上週五，一個朋友打電話給我，她的兒子三十七歲，是個身心障礙者，我們聊到SAR的事情，我一定要把這裡介紹給她！」

「是的，最近身心障礙者的父母打電話來的情形越來越多。」

以日本而言，我曾經聽過親人幫忙身心障礙者自慰的例子，但是，由家人來幫助身心障礙者自慰，精神上的負擔比想像中的還大。

SAR的成立，有一部分也是應殘障療養院的要求。有一段時期，某個殘障療養院在召募工作人員時，附帶要求必須幫助身心障礙者自慰，但是，這種做法有時可能會發生感情上的糾葛。即使工作人員同意，外界卻質疑他們對身心障礙者施予性虐待。所以，現在這個療養院已刪除這個要求，當身心障礙者需要性照護時，就連絡SAR，甚至還立下非常嚴格的規定，例如：不准工作人員為身心障礙者進行性照護，只能為身心障礙者套上或取下保險套等等。

聽完這段話，我發現很少女性身心障礙者會加以利用。

「好問題！並不是女性沒有這方面的需求，而是女性比較有智慧。男性有性需求的時候，就會立刻找性服務，女性大概就會想想其他方法。」

果真如她所說的嗎？難道不是因為女性並不想利用SAR的服務嗎？

「瑪格麗特，如果是妳，妳會利用SAR嗎？」

「如果我是單身，又有這方面需求的話，我應該會利用。」

她的表情似乎有點怪罪我提出這個怪問題，不過，我卻聽得出她的意思是「我並不需要」。另外還有一點讓我無法理解的事情是，這些性工作者要用何種理由來說服另一半呢？

「SAR的性工作者都是普通人，但是他們的行為卻是很特別的。」瑪格麗特說。

包括英國BBC電視台在內，全世界的傳播媒體紛紛前來採訪SAR，但是，實際訪問之後就會發現，這個組織擁有十六位性工作者，每年服務的對象總計兩千位，只能算是一個「小而美」的組織。不過，或許正因為如此吧！他們才不會快速崩解，而是以成熟穩健的腳步向理想前進。

向他們夫妻兩人告辭後，走出住家兼辦公室的大門，我依依不捨的回頭再望一眼，瑪格麗特坐在輪椅上，一直不停向我們揮手。

和瑪格麗特聊天時，她一再提到「NVSH」這個名稱，在她加入SAR之前，她一直隸屬這個團體，據說這個團體所揭櫫的目標是「荷蘭的性革命」。

所以，「NVSH」可以說是造就瑪格麗特這類人士的基礎原點，我很想知道它究竟在什麼地方？

我立刻打電話詢問，但是對方的回答是：

「我們並不是專為身心障礙者而設的團體。」

我告訴對方沒有關係，對方才願意接受我的訪問。

NVSH的總部位在海牙，我們搭電車前往的途中，因電車的電路系統故障，只好在中途停車。走下月台時，初冬晴空吹來的涼風幾乎讓我凍僵，實在忍受不了這種凍澈心肺的寒風，只好改乘計程車。坐進車內，全身縮在舒適的座椅上，開始和司機攀談起來，對方是一位身材壯碩的黑人中年男子。

「為什麼妳特地從日本來到這裡採訪呢？」

他對我此行的目的十分好奇，聽到我的解釋之後，他也同意身心障礙者與老年人的性都應該受到重視，然後他告訴我一件事情。

前幾天，一名強盜潛入超級市場，在店員的奮力追捕下終於抓到歹徒，但是因為當時店員曾經使用暴力，結果被逮捕的並不是歹徒，而是店員。這件事令他非常感嘆。

「我覺得荷蘭社會對個人的權力主張過度放縱了。」他說。

行車途中，沿途都是風車、放牧的牛群，突然景色一變，看到了廣告看板。經過國會議事堂，車子行走在海牙的市區。計程車似乎迷路了，一直在同樣的路上繞圈圈，好不容易才找到NVSH，而且也和SAR一樣，都是一間毫不起眼的住宅。

門一打開，和善的向我伸出手的是身穿羊毛衣、貌似大學教授的男性，他就是NVSH的會長迪克·布梅爾，六十歲。客廳的一面牆排滿了書架，正中央擺放一台大鋼琴。

「你認識瑪格麗特嗎？」

「認識，她是SAR的會長，SAR可以說是從我們這個組織衍生出去的。」

如他所言，NVSH可以說是荷蘭性革命的牽引機，前身是成立於一八八一年要求政府准許使用避孕用具的團體，到了第二次世界大戰後的一九四六年，才改為現在的名稱，主要活動內容是要求男女平權、性解放、墮胎與色情合法化等等。

身心障礙者的性問題不過是其中一個小分野，所以我可以理解當我打電話約定採訪事項時他略感困惑的語氣。不過，不可否認的，NVSH對於身心障礙者的性解放，也扮演相當重要的角色。

主要是在一九七〇年代，大約有三十位會員參加性義工的活動，這些人涵蓋社會各種層次，有白領階級、研究人員、護士等等，有男性也有女性，他們抱持一個相同的理想，就是身心障礙者也應該擁有同等的性權利。

「於是我們就展開免費為身心障礙者提供性服務的活動，但是，這終究只是一個理想主義，因為人總是有感情的，所以，有時候會發生左右為難的情況。」

他的意思難道是和不特定多數進行性交，可能會發生左右為難的事情嗎？

「不是，我指的並不是道德上的左右為難，而是指性交的時間太久，或是性交本身的負擔太重，而且有時也會碰到感覺不對味的對象，因為，人類的感情是一個重要的因素。」

他的意思是，性義工並不挑剔對象，所以可能對身心障礙者出現感情上的不滿情緒。

「如果身心障礙者方面也不挑對象的話，有時也可能出現不對味的對象，或是被對方拒絕做愛。遇到這種情況就不要勉強做愛，只要聊聊天就好了，並不是每一次都要做愛。」

布梅爾是於一九五九年加入NVSH，主要目的是為了讓他的女朋友可以使用避孕器，這件事在當時是不被認可的。幾年後，在他二十歲那一年結婚，同年就生了一個孩子。當時他是高等職業學校的哲學和英語教師，但是因為參加NVSH活動而受到同事排擠，最後只好轉換職業。

二十五歲的布梅爾看到荷蘭政府的徵人啟事，前往荷蘭統治下南美洲的蘇利南，擔任高中教師。

蘇利南不同於荷蘭，屬熱帶氣候，溼氣重，他的學校位在叢林附近。

他在蘇利南設立基金會，主要目標是推廣避孕器，並且每個星期在每個班上上一堂有關性愛的課程。任期結束回到荷蘭的第二年，就成為NVSH的職員，當時他立刻想跨出一大步，舉辦了針對身心障礙者的性愛活動，他之所以如此積極，大概是受到世界各地紛紛倡導性解放的時代背景的影響。

我們談話的地方並不是辦公室，而是他的住家，這時正巧一位女性開車回來，我猜想可能是他的家人。我面帶微笑和那位女子打招呼，突然想到布梅爾在倡導性義工時，已經結婚了。

「你太太知道這些事情嗎？」

「當然，我太太也參加過身心障礙者性活動，她的看法和我相同。」

「她不曾反對過嗎？」

「因為妳不了解，所以妳才會這麼問。」

布梅爾似乎有些不高興，但是，我還是無法了解，一個人居然能夠如此輕易的承認自己的配偶曾經和別人有過性交，所以，我又進一步追問。布梅爾稍微愣了一下，但是又以自信的口吻繼續說下去。

「這是當然的啊！為什麼我說了這麼多，妳還是無法理解呢？比如說妳看見有一個人溺水了，妳一定不會見死不救才對，這件事也一樣啊！妳說孩子的看法？當時我們的孩子十歲，所以我們不會告訴他，十六歲的時候好像知道了一點，不過也沒什麼問題。」

但是，這個理想主義最後還是告終，他們的理由是「時代改變了，對方已無這方面的需求」，布梅爾和他的夥伴結束掉對身心障礙者提供性愛的服務，其中一個原因是，當時的媒體和一般大眾大聲撻伐。

但是，他的信念完全沒有動搖。

「我們應該建立一個由醫師或護士為身心障礙者進行性照護的制度，也就是在正常的醫療體系中，應該增加性照護的項目。在我三十歲的時候，我們甚至無法對家庭醫師談論到避孕問題，現在卻可以大方在學校講演避孕方法。想要立刻改變世人的看法或許還很困難，但是經過三十年、四十年、五十年之後，這種禁忌也會改觀的，對於身心障礙者的性觀念應該也會改變。」

說話當中，布梅爾一直凝視著我。

聽他這一番話，不禁讓我想起日本對待身心障礙者性問題的現況，想要在日本嘗試這種活動將會遭遇到兩個問題，其一是願意提供性照護的人一定非常少，其二藉由性照護可能引發的感情問題。因為在我們四周就經常看到類似的例子，例如接受性義工服務的女性，因為愛上性義工，最後受到嚴重的心理創傷。

此趟荷蘭之行，我覺得有句話一直像咒語般盤旋在我腦海，那就是「如何處理感情問題」？即使雙方並沒有真正性交，但是總需要有性方面的接觸，我想問的是，如何才能避免發生感情的糾葛？因為性服務比幫助身心障礙者進食或上廁所，更容易發展出感情。除非彼此能夠先找出一個界限，例如SAR是收費，所以用金錢交易來區隔彼此關係；免費的性義工也要劃清一個界限來釐清彼此的關係。因此，前面介紹過的坎崔普為了避免和對方發生感情，才決定輪流召喚兩位性工作者；能夠像布梅爾那樣把感情問題處理得如此完美的人，恐怕是少之又少……

聽到我的懷疑，布梅爾說：

「根本不太需要特別去區分愛情和性慾，感情又不是疾病，一定有一套可以加以預防與處理的方法。」

這句話深深撞擊著我，他的回答或許和我的問題有些牛頭不對馬嘴，卻隱含著「性義工絕對不該和對方陷入戀情」的意味存在。

走到門外，冰冷的雨水下個不停，我和我的翻譯山本走往車站，夕陽西下的海牙街上到處是聖誕節的景象，五顏六色的彩色燈泡點綴街景，先前停駛的電車已經又開始行駛。在海牙的中央火車站，穿著厚重外套的人們踏著急促的步伐，趕著回到他們溫暖的家中。

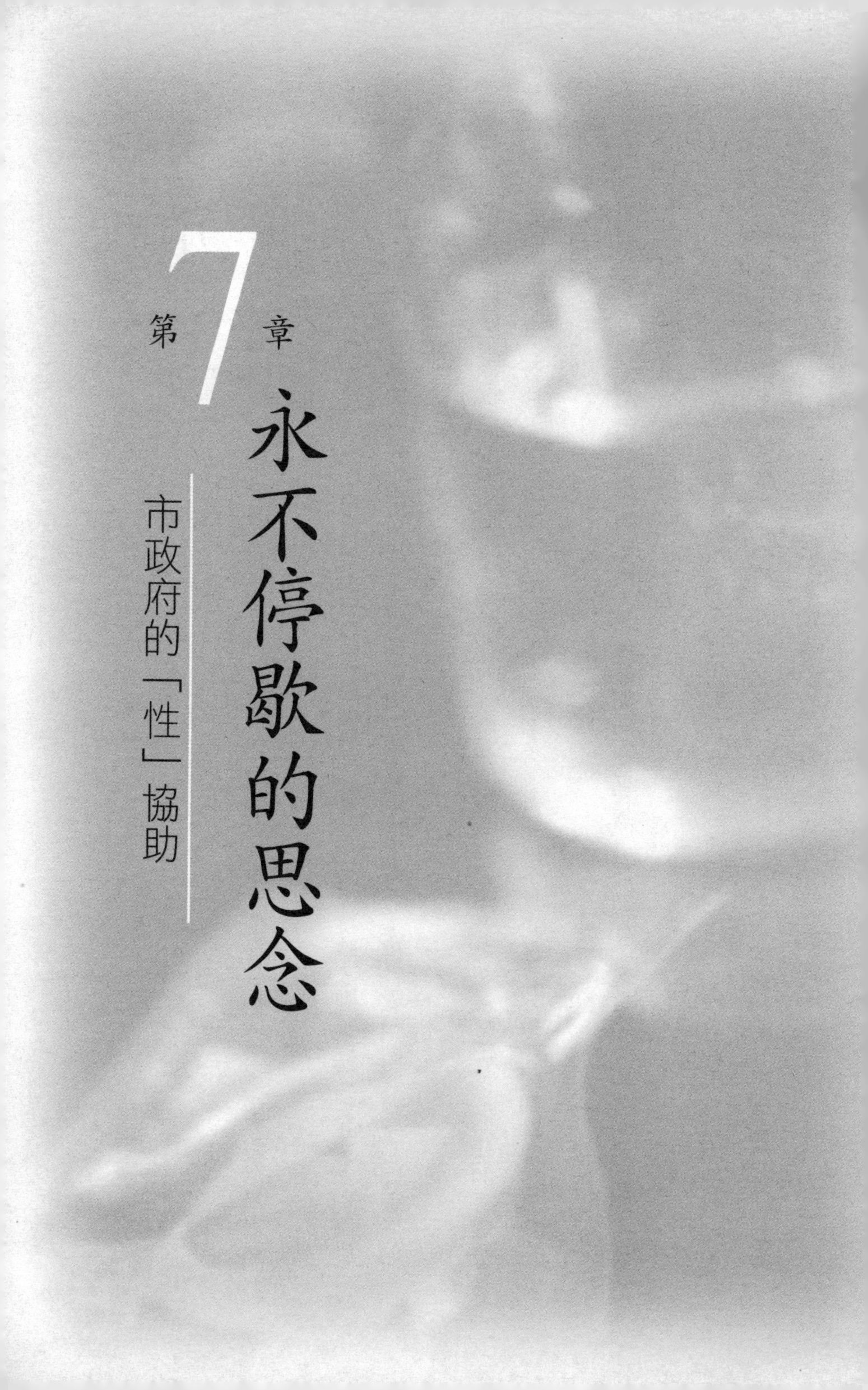

第7章

永不停歇的思念

市政府的「性」協助

「市政府會發給我們『性』的費用，每個月三次，一年三十六次，對方是SAR派來的女性，年約四十歲左右，有時候為了換換口味，偶爾也會召喚一般的性工作者。」

五十五歲的漢斯．比克就像在談論食物一般和我聊起這件事，他移動輪椅，用不太靈活卻很熟練的的雙手沖泡紅茶。

在採訪SAR（為身心障礙者提供性愛服務的團體）會長瑪格麗特時，她曾經提到有三十六個自治市，提供性愛輔助金給利用SAR的身心障礙者，像這種由市政府提供性愛輔助金給身心障礙者的例子，在日本簡直是前所未聞。

比克就住在提供輔助金的城市——位在荷蘭南部的古老港都「多爾多雷特市」，所住的公寓是市政府提供的，而且每個月可以領到三次性愛輔助金。五年前，比克從女友口中得知此事，就決定加以利用。

但是，這項輔助金只有針對SAR，為什麼他偶爾會召喚一般的性工作者呢？對於我的疑問，比克笑笑的對我解釋。

「不論是SAR或一般的性工作者，都是採取刊登報紙廣告的方式，兩者都可以自由召喚，不過，我和SAR介紹來的女性一直維持長久的關係。一般性工作者的時間比較短，SAR的女性可以服務一個半小時或更長的時間，所以比較好，而且我也可以常常和她泡茶聊天，我們就像朋友一樣，不過，說起那件事，其實倒是沒有太大差異。」

「你會喜歡上她嗎？」

「不會，SAR推派來的大都是住在這附近的人，我住在多爾多雷特市，所以每次都推派她來，反正我對她也沒什麼不滿的地方，覺得她還不錯。」接著他又說：

「反正SAR也是一種賣春的行業。」

「你對SAR抱持否定的看法嗎？」

瑪格麗特的臉龐突然浮現在我的腦海。

「跟任何人都可以上床，就是賣春啊！最起碼來我這裡的女人都沒有其他正業，都是靠這種工作維生。」

「對於領取性愛輔助金這件事，你不會有任何反感嗎？」

「我只讓幾個朋友知道這件事，反正就只是讓SAR的女人脫掉衣服又穿上衣服而已，她一走，就沒有人知道，別人還以為她是我的女朋友呢。」

講到這裡，他突然對我說：

「Can you speak English?」

原本他講的都是荷蘭話，每句話都要透過翻譯的解說，但是他卻突然提議用英語和我交談。他的英語非常流利，因為他曾在英語圈生活過十七年。

他在五歲時，隨著雙親移民到澳洲，九歲時開始出現肌肉萎縮的症狀。十六歲從事電纜銅線的工作，六年後症狀加劇而失業，於是獨自回到相當保護身心障礙者的荷蘭。荷蘭政府每個月會支付他一千歐元（譯者註：大約四萬五千台幣）。

「所以只要不隨便買春或做一些無謂的花費，應付生活都綽綽有餘。」他笑著說。

我覺得他的話切割得有點不太自然，或許是因為荷蘭就是這樣一個國家吧！正當我這麼想的時候，眼睛突然瞄到櫃子上擺放幾張男孩子的照片，有一片牆壁塗上鮮紅色，是他拜託朋友幫忙油漆的。在這個兩房兩廳的屋子裡，我總覺得有些空蕩蕩的感覺。

「你結婚了吧！」我問。

「是的，只維持到六年前。」

他的聲音突然沈了下來，他的外表看起來還算年輕，但是我卻發現到他的頭髮已經略微斑白。

比克以前曾經住過殘障療養院，三十九歲時，認識上夜班的療養院女職員。

「讓我們吃驚的是，我們幾乎是一見鍾情，就像偶像劇一樣！」

一年後兩人就結婚了，比克從來沒有想過自己居然可以結婚，在此之前，他從沒有過性經驗。婚後就搬到多爾多雷特市，生下兩名男孩，但是，幸福之神並沒有一直眷顧他，九年後，妻子要求離婚。

「我認為她要跟我離婚的原因，是因為我沒有辦法為孩子做更多的事情，所以，我們的愛情就這樣淡了……」

後來就搬到現在住的公寓，他的父親於二十年前過世，母親也在五年前過世。身體嚴重殘障讓他無法工作，每天早上睡到十點左右，白天有時出去買東西，有時就在家上網。

「現在還和前妻見面嗎？」

「只有為了孩子的事情才見面。」

比克低聲丟下這句話之後，就保持沈默。兩個孩子分別為十二歲和十歲，他們每隔兩個月才能見一次面。

冬天的荷蘭很快就天黑，下午四點左右，射進屋內的陽光已經略帶昏黃，整片紅色牆壁已經逐漸變成漆黑，他的臉也蒙上一層陰影，任憑我努力想看清他的表情，也無法看清楚。這時候，他打開桌上的小燈，隨即又打開話匣子。

「長時間不能外出，全身就會累積壓力，做愛可以達到紓解的效用。而且我的手越來越不能動彈，連自慰都很難做到。」

「SAR的性工作者可以填補你的孤獨嗎？」

「她們非常了解身心障礙者，只是如果是真正的愛人，就會更溫柔的對待。假如我能交上女朋友，就不會再召喚SAR的性工作者，當然也不需要性輔助金，我最大的期望，就是能夠和一個真正愛我，而且能給我幸福的人結婚。」

他是六年前離婚，大約相隔一年之後才開始利用SAR。

「我希望和真心愛我的人一起做非常平凡的性愛，但是，每個人只會對身心障礙者說『你是個好人』，根本不可能愛上我們。妳問我還愛不愛前妻？一點也不愛！她又再婚了。」

說完，他把視線移向桌上的茶杯。

走到外面已經是一片昏暗，周圍飄來鄰家的飯菜香，讓我想起小時候只要聞到這種味道，就會急著跑回家的景象。在回程的車中，我和翻譯忙著討論今天的話題，突然間，山本的說話聲音似乎離我越來越遠，因為我的腦袋突然閃出一個畫面——今天晚上，比克應該是一個人孤零零的在那冰冷的屋裡用餐吧！

支付輔助金給比克的，是多爾多雷特市市政府的殘障福利課。

「這十年來，接受這項輔助金的總共只有五人，會不會太少了一點呢？」

面對我所提出的問題，負責這項業務的威姆·哈布雷夫茲詳細為我說明。

「必須符合條件才能得到輔助金，第一個就是低收入，其次就是沒有性伴侶，而且還要無法自慰，符合這些條件的人非常少。」

目前領取這項輔助金的共有三個人，分別是三十幾歲、四十幾歲的男性，以及比克先生，沒有女性。

多爾多雷特市的這項輔助金制度，是始於十年前，有一位身心障礙者向市政府提出性愛輔助金的申請。

「當時有一些性工作者對服務身心障礙者非常排斥，後來聽說有SAR這種組織，所以市政府就主動和他們聯繫。」哈布雷夫茲說。

申請輔助金必須要有收據，由於SAR可以開立收據，所以，就可以藉此來認定這筆錢確實是用在性方面。

「但是，後來又接到令人意想不到的要求，有一位三十歲左右的身心障礙者說他討厭SAR，因為他不想和年紀大到可以做他媽的女人性交，他要自己從報紙廣告尋找性交的對象。」

經過求證的結果，證實SAR的性工作者，大都是二十年前成立時就參加的，年紀確實大了一些，所以，多爾多雷特市才取消這項限制。目前除了比克之外，另外兩個人都是利用輔助金和非SAR的女性進行性交。

「我們完全不知道他們所找的性交對象究竟是誰，一切由他們自己決定，一個月二十次是不太可能的，不過也有人一個月利用四次，反正就是依照個人的需要而定。」

儘管市政府的這項制度是可以讓人理解的，但是市政府完全沒有將這筆開銷刊載在市政報告上，大概是不想讓市民知道把一筆稅金花費在「性交」上吧！

「身心障礙者的性問題本身並不是禁忌，但是，市公所並不想將輔助金一事公諸於世。」

輔助金制度開始成立之初，哈布雷夫茲曾經打電話詢問已經施行的其他城市。

「我聽說當時大約有十個城市發出輔助金，但是沒有一個城市承認！」他說。

據說過去曾在某個城市發生身心障礙者為了申請輔助金，一狀告上法院，纏訟七年之後身心障礙者獲得勝訴。但是，基本上而言，發放輔助金一事都是在檯面下進行。

事實確實是如此，我為了採訪這方面的事情，曾經打過電話到幾個都市，卻都以沒有發放性愛輔助金來回絕，但是，經過事後的了解，其中有幾個都市確實有發放輔助金，根據哈布雷夫茲所言，多爾多雷特市宣佈發放輔助金時，也不被市民認同。

「發放輔助金是由我們這個部門的三、四個人決定，不需要上面的裁決，即使到現在，也只有我們這個部門的十二個人知道而已，我們就以『手續費』的名目來核准，如果在申請文件上詳細寫上『性交輔助金』，恐怕會造成身心障礙者本人的困擾，所以，我們一律在文件上記載『手續費』。」

日本並沒有這項輔助金的制度，卻設有身心障礙者專用的性服務店，只是客人好像並不多。「與其考慮身心障礙者的性問題，倒不如先考慮身心障礙者的就業問題才對！」這是某位身心障礙者提出的建言，因為光靠殘障津貼，生活非常窘迫，有時候根本沒有多餘的錢去「嫖妓」。

接下來，我很想了解荷蘭的色情業對身心障礙人士的接受度。

在阿姆斯特丹紅燈區「櫥窗女郎」那一帶，有一個名為「色情資訊中心」的組織，主要是對性工作者提供資訊的一個組織，成立這個組織的目的並不在幫色情店「喬」事情，而是介紹色情的歷史、性工作者追求權利的情形等等。

我信步走在阿姆斯特丹的紅燈區，雖然只是日暮黃昏，櫥窗裡都已經燈火通明，穿著性感內衣的女郎擺著妖豔火辣的姿勢。在這一帶，酒店、咖啡店、夜店櫛比鱗次，到處都是人群。

在這個地方有一個辦公室，裡面也有一個類似玻璃櫥窗的房間，中央坐了一位正在打電腦的女性，名叫賈桂琳，三十六歲，一頭短短的金髮，擁有一雙湛藍的眼珠，算得上是充滿知性美的美女。一隻大狗趴在她的身旁，一動也不動，似乎把外面緊張的氣氛完全隔絕在外，踏進這裡，氣氛頓時變得緩和，我的心情也放鬆不少。

「大約半年前，一位自土耳其移民而來的身心障礙者，到阿姆斯特丹申請性愛輔助金被拒，他不懂荷蘭話，所以我幫他告上法院。」

這位金髮美女曾經在八年前，為身心障礙者做過性服務。

「第一次面對身心障礙者我有點擔心，不過我還是接受這項挑戰，結果他們都感到很高興，每次都期盼下一次的相會。」

櫥窗女郎的價格是十五分鐘平均收費三十五歐元（約一千五百元台幣），所以，絕對要速戰速決。

「櫥窗女郎和應召女郎有什麼不同呢？」我問。

「這就像法國料理和麥當勞的速食！」

她選擇擔任應召女郎，每小時的費用為一百二十五歐元（約五千六百元台幣），她可以拿五十歐元，司機拿二十五歐元，剩下的五十歐元給店家。

聽到她的解說，我不禁想到SAR的收費是每一個半小時七十三歐元，性工作者取六十九元，所以，難怪比克會說SAR其實和一般的色情業沒有兩樣。

「身心障礙者療養中心通常沒有很好的沐浴設備，所以我往往必須替他們洗洗身子，有時要花一個小時以上，總不能脫掉衣服就跟他說時間到了，我要回家了。但是，這是我的職業，我也要生活，所以也不可能免費的延長時間。」

談到這裡時，來了一位SM女王，一頭又直又長的紅髮，穿著黑色皮裙，戴著一副眼鏡。在這個中心，隨時都有各種女性聚集。她一得知我來自日本，立刻以曖昧的眼神發表她的高論。

「日本人最喜歡變換各種姿勢，要這個，要那個，但是，很快就結束了！」

她一說完，我們都微笑致意，然而就在此時，賈桂琳的神情突然轉為嚴肅。

「不過，我曾經聽過客人批評SAR，她們大都是四十歲以上的女性，有時甚至還有六十歲的老阿嬤，而且SAR的人員大都是醫療院所的照護人員或看護人員，所以非常照顧身心障礙者。但是，身心障礙者本身就是來嫖妓取樂，根本就不需要同情。」

她的客人當中，有一位因為脊髓損傷，全身無法動彈，身體雖然完全沒有感覺，卻只要看看女人的裸體就感到很快樂。也有一種身心障礙者是全身都動不了，只剩下陰莖還有感覺。

賈桂琳對於輔助金的支付方式也抱持懷疑的態度。

「每個市政府的規定各不相同，個人要前往市政府申請是很困難的，必須耗費許多時間，而且每個接洽這項業務的市政府員工的個性也不一樣，如果能由身心障礙者協會成立基金的方式來處理的話，應該比較方便。」

SM女王和山本翻譯都點頭同意她的說法，我們離開時，賈桂琳又附帶說：

「不過，當身心障礙者也不錯，他們的生活受到保護，每天只要存幾個硬幣，就可以叫我們去服務，如果對身心障礙者提供百分之七十五的輔助金，其餘的百分之二十五由他們自費，我覺得這種方式比較理想。」

＊

在一個點燈的房間裡，印度香的香味裊裊環繞，沙發旁邊佇立一尊金黃色的佛像，上面的紅色牆壁上，掛著一幅採取蹲姿、右手揉胸的全裸女像。

臨床治療就在這個房間展開序幕。

首先是邊喝茶邊聊天，聽聽對方的牢騷，坐在沙發上，彼此溫柔的撫摸身體，然後緩緩脫下一件又一件的衣服。治療師讓男病人站在鏡子前方，讓他仔細觀察自己的身體，同時以低沈嫵媚的聲音說：

「你的身體很美呢？還是很醜陋呢？」

前來接受治療的病人幾乎都對自己缺乏自信，那是因為對自己不了解所致，所以，必須幫他重新審視自己，找出自己的優點。

接著，兩人來到隔壁房間，這個充滿亞洲風味的狹窄房間裡，地上擺著一大塊墊子，這裡就是治療室。她讓病人撫摸她的性器官，然後把自己的感覺和反應告訴對方，經過一個半小時，男病人終於射精了——

這種治療方法稱為「代理情人療法」，不同於一般的色情業，而是以治療為目的讓雙方保持一段長期的關係。擔任治療師的是卡拉．克麗克，她住在荷蘭東部鄰接德國邊境的城市，在家裡進行這項療法，主要的治療對象是有性煩惱的人，其中也有身心障礙人士。

她並沒有採取宣傳方式，完全依靠口耳相傳，有些病人是由心理專家轉介而來。

「心理專家是聆聽別人說話，我是採取實際行動，我們和患者之間形成三角關係來進行治療，因為性方面的問題並不是光靠聆聽就可以解決的。」她說。

治療的方式是每隔兩週進行一次，每位病人至少須持續兩年。從開始到現在，卡拉大約已經治癒近五十位病人。收費標準是一個半小時六十五歐元（約兩千九百元台幣）到八十五歐元（約三千八百元台幣），之所以有一段差距，是為了讓低收入戶也能夠加以利用。

「你們沒有直接性交嗎？」

「是的，沒有性交。對患者而言，我就像母親一般，年輕男人不會和母親做愛吧！但是我會為他們尋找可以跟他性交的女性，古代有一種儀式，由年紀較大的女性，帶領沒有性經驗的年輕男子進行性交，我想重現這種儀式。」

她今年五十三歲，獨居，除了這項治療方式外，也教授瑜伽、印度式的輕鬆按摩與色情按摩。

她從學校畢業後，曾經當過十年秘書，後來結婚生小孩，十六年前離婚，不久就開始學習瑜伽。有一段時間幾乎難以維生，小孩子甚至還被強制送到寄養家庭。正當她四處尋找工作，在電視上看到有關「代理情人療法」的特別報導，直覺上認為這就是她所要的工作。於是接受一年半的民間所設的訓練課程，就開始從事這項工作。

「監獄裡也曾經採用這項療法，對象是心理學家轉介來的性侵罪犯。心理學家認為有些男性之所以會犯下性侵女性的罪行，主要是因為對女性抱持恐懼心理，我的治療法可以幫他們去除這種心理。」

卡拉還舉了一些其他的例子。一位三十歲的年輕人很厭惡被人觸摸身體，經過三十多次的治療，現在已經可以擁抱卡拉，甚至還有人要幫他介紹女朋友。

「每次我告訴別人我所從事的工作，別人都會很驚訝，甚至遭到很多人反對。不過，以色列已經把這項療法納入醫療制度中。許多以色列士兵在戰爭中造成殘障，其中有很多人從未有過性經驗，代理情人可以協助開發他們的感情。例如：讓坐在輪椅上的身心障礙者學習採可以讓女性獲得高潮的訣竅。如果荷蘭也能將此種治療法運用在家庭醫師方面的話，就更理想了。」

目前荷蘭從事代理情人治療法的治療師，包含卡拉在內共有五位，而且都是女性抱持嘗試的目的而做。

荷蘭和以色列的治療師與心理學家，每年都會舉辦數次交流會，卡拉也曾經參加過幾次。

介紹我和卡拉認識的，是CG協會（為慢性病患者和身心障礙者爭取利益的一個荷蘭全國性的組織團體）負責政策方針的吉姆．賓特先生。他是一位心理學家，也是性科學家，前年開始在CG協會上班，在此之前，曾在某復建中心負責改善身心障礙者性生活的心理諮商，期間長達七年。

「意外造成身體殘障之後，所有的事情都會發生變化。」吉姆說。

他拿出一張紙，在上面寫了三個英文單字，分別是Bio、Psycho、Social。

「這三個是阻礙身心障礙者性交的重大關鍵。」

接下來，他開始針對每個英文單字加以說明。

Bio是生物學上的問題，患者會出現無法勃起、無法分泌愛液、無法獲得高潮等等。

Psycho是心理上的問題，殘障這件事讓他們非常悲觀，無法獨立生活或工作，這是因為在心理上受到極大的創傷所造成。例如有一位被截肢的女性，一定會認為自己不再美麗，也沒有人想跟她做愛。其實只要裝上義肢就可以走路，她的心理上卻有很大的糾葛。

Social指的是社會性，也就是人際關係，過去一直是對等關係的另一半，現在卻扮演照護者的角色，使兩人的性愛不再協調順利。

「過去的醫師都是只針對身體進行醫療，所以幾乎沒有人察覺到這三個因素的關連性，其實，如何讓這三種因素融合在一起是非常重要的。」

他就是將這三種因素融合起來，為患者進行諮商。

在他診療的患者當中，有一位男性身障患者在即將達到高潮時，因為身體的緊張反應，會讓他抓緊性伴侶，結果造成性伴侶出現出血症狀。於是，吉姆教他戴上海綿手套，並且盡量避免用力抓性伴侶，就可預防上述的情況。

另外一位男性病患是脊髓損傷造成下半身沒有感覺，也無法勃起，一般的治療方式都是開給他威而剛，但是吉姆卻教導他做愛的技巧。例如沒有感覺時，就要採取何種做愛方式，並且告訴他哪裡是敏感帶。

女性的問題就更嚴重。有一位身障女性搭乘巴士時，身邊坐了一位陌生男子，對方把手伸到她的膝蓋，她責問對方為什麼這麼做，對方的回答竟然是「反正妳也交不到朋友」，這件事傷透她的心，吉姆就必須設法為她解除心理障礙。

談論過幾個案例之後，吉姆談到關於SAR的事情，SAR是採取收費方式為身心障礙者提供性愛服務的一個組織，每次談到荷蘭身心障礙者的性愛問題時，SAR都是不可缺少的談論話題。

「SAR的服務固然讓身心障礙者感到高興，不過，他們真正希望的還是情人才對吧！」吉姆說。

接著，他把性愛服務分為三個範疇。

「第一種是商業性的色情業，純粹是用來解除性慾；第二種是社會性的色情業，SAR就是屬於這種，除了解除性慾之外，還有社會性的目的。第三種就是代理情人療法，這種方式兼具前面談到的Bio、Psycho、Social三種要素。」

大多數的身心障礙者很少跟別人建立人際關係，所以，SAR可以很簡單解決性問題，但是如果後來交到異性朋友，想要跟對方做愛的時候，卻不知道該如何和對方相處。這時候，接受代理情人療法的指導就扮演重要的角色。

「通常都是從握手開始，然後是接吻，再慢慢逐漸升級。一般人只要在年輕的時候不斷有這類經驗，自然就會習慣這種關係，並且可以享受真正的性生活。但是，許多身心障礙者往往會跳過建立人際關係的過程，只單純追求性關係而已，這麼做不只是掩飾身體上的缺陷，同時也是在接納自己，所以，必須讓他們累積更多社會性的經驗。」

他說的或許沒錯，身心障礙者因為性需求而召喚SAR的做法，對於指導他們和他人建立情感不太有幫助，相對之下，定期接受「代理情人」的治療方法，可能比較有效。儘管我們不能百分之百肯定每位身心障礙者都需要這種指導，但是可以確認的是，很多身心障礙者認為「只要有性交就足夠了」。

回日本的前一夜，我在山本家的三樓房間裡，環顧這一個星期我所居住的四周環境時，從窗戶看到鄰家的客廳，明亮的燈光照明下，是整齊有序的家具。荷蘭的一般住家並不習慣在窗戶設置窗簾，據說是因為他們想過一個光明正大且不怕被人窺視的生活。

我一邊看著我的採訪記錄，腦袋也不停回想。

荷蘭是一個允許同性戀、安樂死和色情業的國家，甚至有一個符合荷蘭國家風格的SAR為身心障礙者提供性服務，某些城市對身心障礙者提供性愛輔助金，還有可以幫助身心障礙者填補心靈空虛的代理情人療法，也就是說，荷蘭人不斷嘗試各種新方法，讓不同程度的身心障礙者，可以有更多的選擇。

但是，身心障礙者利用這類措施的件數並不多，而且很多並不屬於公開性，所以，大多數並未形成很大的風潮。

日本的情形則是許多方面都不太設限，唯獨對性問題的處理方式卻是倒退的。我之所以由日本來此，是因為看到荷蘭的「性義工事件」，才讓我決定來到荷蘭，看看是否能為日本的身心障礙者找尋可以解決性問題的方法。

但是，身心障礙者本身的看法又是如何呢？在這個性觀念極為先進的國家——荷蘭，這裡的身心障礙者可以獲得各種奧援，但是，他們果真受惠了嗎？在某種程度上，他們或許感到滿足，但是，我卻認為，感情問題並不是只有短暫的快樂就可以獲得滿足的。我永遠忘不了的是，神情落寞的比克獨自坐在昏暗的屋子裡。

初冬的深夜，外面一片寂靜，聽不見任何聲響……

回到日本一個星期後，比克發給我一封簡短的電子郵件。

「這裡冷死了，零下十度左右，大概是受到東風的影響吧！我總覺得是零下二十五度。」

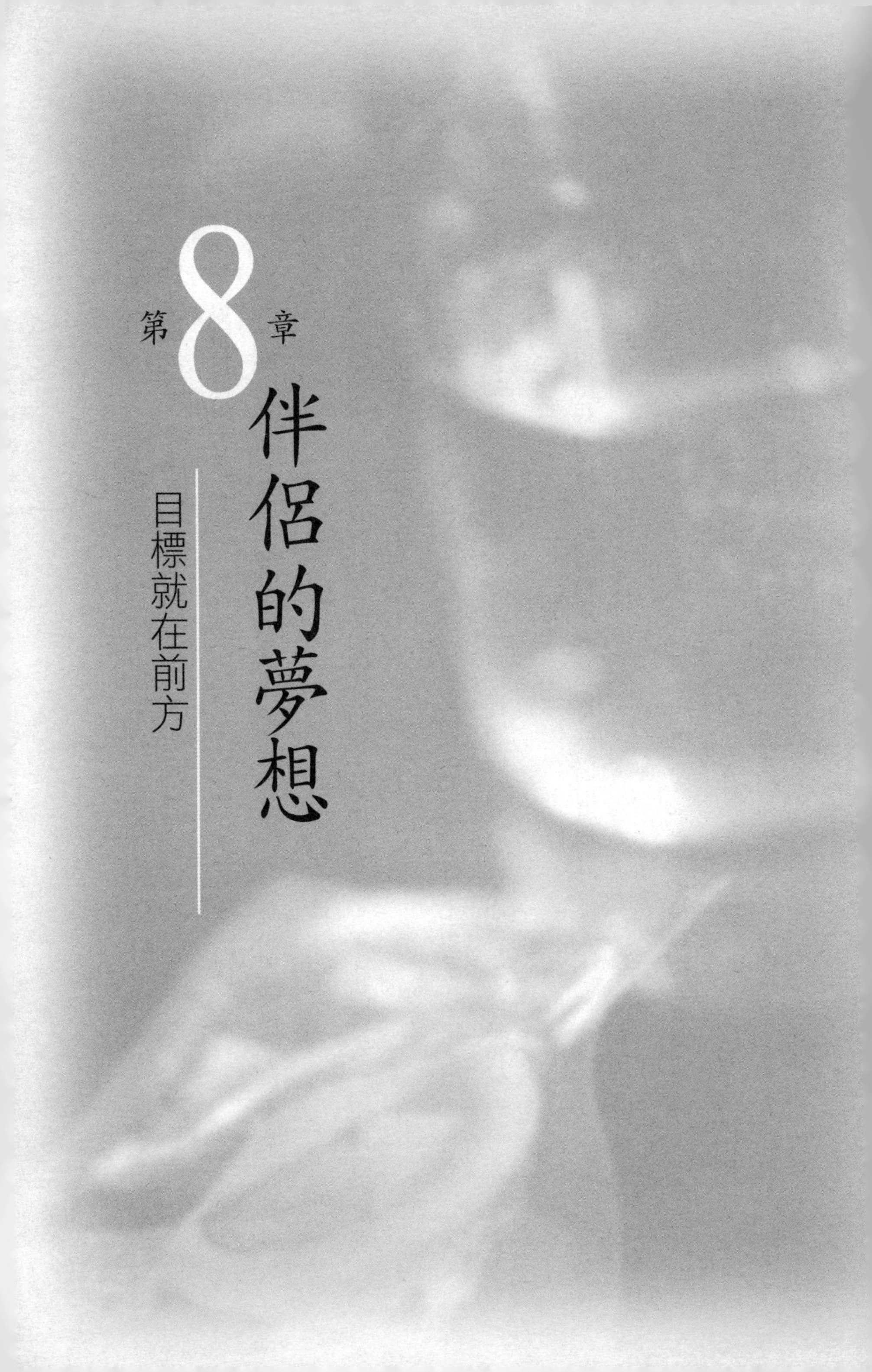

第8章

伴侶的夢想

目標就在前方

在我進行這項主題的採訪時，經常有人問我：

「妳看過這捲錄影帶嗎？」

這捲錄影帶的主題是「愛與不愛——身心障礙者的性愛」，這是由美國紐約大學醫學中心的復建研究所製作。

影片中是許多對不同殘障程度的男女談論性問題，例如做愛時人工肛門的狀況、如何處理失禁問題、不能勃起時應該怎麼辦等等問題。

不僅如此，影片中還有全裸真槍實彈的做愛畫面，甚至沒有打上馬賽克來掩飾。

為什麼要拍得如此露骨呢？就在我思考這個問題時，另一個畫面更是衝撞到我的思緒。

影片中的男性說：

「我會清楚說出我的感覺，例如我會說『我喜歡被摸這裡』。」

他的女伴說：

「我們一定會把自己喜歡的和討厭的都讓對方知道，我們的做愛技巧比身體正常的夫妻還要高超！」

在這個世上，能夠像他們那樣知道彼此喜好與需要的性伴侶，恐怕不多吧！許多人必須佯裝性高潮，想做愛卻不敢告訴對方，有些人甚至自私的只在乎自己而忽略性伴侶的需要。

在這捲錄影帶中，又出現一位女性。

「婚後我還是會自慰，但恩（她先生）也一樣，自慰可讓我們非常舒服，因為還是自己最了解自己了。」

看完之後，我可以了解這捲二十年前拍攝的錄影帶，直到現在還深受歡迎的箇中理由。因為錄影帶中所談論的性話題，跟我們實際的狀況是完全不同的，他們以誠實的態度面對性，而且積極進取的享受性。

過去我們一直認為，身心障礙者在尋找性伴侶上必須大費周章，但是，即使可以順利找到性伴侶，緊接著而來的可能就是做愛問題。

身心障礙者伴侶接受性照護的時候，應該怎麼做呢？聽說很多人根本不太敢跟照護者提出自己的要求。有些業者提供收費式的性照護，例如第四章提到的應召牛郎店「賽菲洛斯」，就提供幫助身心障礙夫婦性交的照護服務。

賽菲洛斯的老闆吉良人志說：

「有一次，一對身心障礙夫婦拜託我們做這樣的服務，我們才開始這項業務，而且對身心障礙人士打對折優待，一個小時只收費五千日圓，每個月大約有兩、三件。」

但是，據說也有一對夫婦並不是需要人照護，而是為了享受三人做愛的樂趣，花錢召喚牛郎，不禁讓我懷疑這種打折優待難道不需要設限嗎？

身體屬於重度殘障的夫婦的情況又是如何呢？我走訪獨立生活的伊藤信二和由希子這對夫妻。信二今年四十一歲，由希子二十八歲，兩人的年齡有著一段差距。

兩人都是屬於需要輪椅的身心障礙者，而且二十四小時都需要有人照護，兩人結婚第四年。由希子是先天性腦性痲痺，圓圓的胖臉、炯炯有神的眼睛、塌鼻，生就一張童稚的臉龐，明亮咖啡色及肩長髮燙成大波浪捲，紅色的高領毛衣配上藍色牛仔褲，整個人顯得非常有型。

信二是脊髓損傷患者，鎖骨以下沒有感覺，留著一小撮鬍鬚，戴上一副圓形眼鏡，相對之下，由希子的臉型顯得比較瘦長。

「你為什麼會殘障？」我問信二。

「因為自殺！」

信二的回答令我倒深吸一口氣，我偷瞄一眼由希子，她的表情非常平靜。

信二高中畢業後，加入自衛隊，在某個八月下旬的黃昏，紅蜻蜓悠哉飛翔在絢麗夕陽下，他在駐紮的北海道彈藥庫裡，舉九十公分長的小型自動手槍自殺，主因是當時不論人際關係、工作或愛情都讓他極端苦惱，但是，卻沒有一槍斃命，當時他二十三歲。

「用那種槍才讓你有活命的機會吧！」我說。

「這種結局讓我更痛苦，因為早從高中時期，我就嘗試過割腕或開瓦斯自殺，我總覺得生就是死，死就是生。妳看！」

他指著自己的脖子，確實可以看到幾道明顯的縫合痕跡。

「我是朝脖子上面開槍，所以傷到腦部，其實如果要一槍斃命，應該要對準太陽穴才對。」

坐在眼前的，是一位身穿愛迪達外套、外型飄逸有型的中年男子，或許是因為天涼吧，輪椅上還鋪著暖和的羊毛墊，他用話家常的語氣述說那段悲痛的過去。

讓我困惑的是，我實在無法將現在的他和過去的他連結在一起。

但是，這件事卻只是他人生故事的開端而已。

自殺未遂後，只能離開軍隊，時而住在醫院，時而住進療養院，三十歲才開始獨立生活。

「老實說，自殺未遂這件事讓我覺得是一種挫敗，又加上身體殘障，令我感到孤獨又痛苦，根本不知道如何活下去，每天都是悶悶不樂。」

但是，在這段時間，卻從來不曾再有尋死的念頭。

「我認為如果我再這麼做，將會對不起所有幫助過我的人，所以就再也沒有過尋死的念頭，但是，我對往後的人生卻不抱持任何希望。」

後來，和當地的學生義工有了接觸，逐漸有機會和別人交往，自殺未遂後經過十年，總算有了「幸好沒死」的感覺。

獨立生活五年後，搬到關東地區的近郊，在團體中認識由希子。

一開始信二會找機會幫助由希子，由希子誤以為信二對她產生感情，就這樣陰錯陽差之下，兩人的感情不斷進展，後來果然發展出戀情。主動提出要交往的是由希子，信二卻感到不安，她用「不交往看看怎麼知道合不合適」的理由說服了信二，於是從一九九八年年初，兩人開始正式交往，同年十月就結婚。兩人都沒有特地向對方求婚，而是相處久了自有默契，自然而然就踏上婚姻之路。信二向相關人士請教有關結婚和殘障津貼的問題，整個結婚過程就這樣一步步發展下去。

信二上幼稚園之前，父親就離開家裡了，他和母親住在一起，是獨子，不過，有同父異母的兄弟。

「我不知道什麼是平凡，我父親曾經離婚過三次，所以我絕對不要離婚，結婚時，我就下定決心，絕對不讓夫妻失和，造成孩子內心的陰影。」

信二原本不想舉辦婚禮，但是拗不過獨立生活團體的夥伴的要求，還是舉辦了結婚典禮，共有一百五十多位賓客前來參加。

信二的身體殘障讓他一度無法性交，不僅無法勃起，也無法射精，更因為鎖骨以下沒有感覺，連性器官也沒有感覺，根本無法享受性高潮。但是，自從和由希子結婚之後，居然可以性交。據說他是利用郵購的方式購買威而剛。

「沒有享受到快樂、又要使用藥物、又不能射精，為什麼還要做愛呢？」我問。

信二稍微停頓了一下，略微思考了一下。

「如果是別人的話，我就不會這麼做了！但是，她是我老婆，我雖然無法享受性高潮，然而，在我的能力範圍內能夠讓她享受到快感，這也正是我的滿足。換句話說，雖然我沒有感覺，精神上卻是滿足的。」他說。

即使沒有性能力、沒有感覺，卻堅持做愛，由此可以看出人類對於性愛的執著態度。

他們兩人大約每星期有一天睡在一起，其餘六天各自睡覺，信二獨自睡一張床，由希子和照護人員睡在和室。

兩個人都需要二十四小時的照護，但是唯獨做愛的時候不讓照護者碰觸，因為信二還可以移動，所以他們希望只有兩個人做這件事，雖然需要耗費較多的時間。

「做愛中途，我們曾經發生過失禁的情形，不過，我們還是堅持自己處理，只有一次，實在髒到難以處理，我們才拜託照護者……」

我的腦海裡浮起兩人同心協力的幸福畫面。

但是，由希子似乎多少有些不滿。

「我這麼說或許有點對不起他，不過，如果和我以前的男朋友比較起來，以前的男朋友是身體健康的人，可以和平常人一樣做愛，而且和以前的男朋友做愛，應該可以生小孩。」

現在的由希子很想能夠經由人工受精的方式生孩子。她妹妹不是身心障礙者，在她很小的時候，常常發現媽媽偷偷帶著妹妹外出，只留她一個人在家。即使外出購物，也因為帶著她不方便，媽媽都只帶妹妹出去。後來媽媽因乳癌去世，所以，她可能是想藉由生孩子來消除孩提時代所烙下的陰影。

因此，由希子常勸信二到醫院接受精液檢查。信二雖然無法射精，但是只要有精子，就有可能讓她受孕。

但是，信二對這件事卻並不怎麼積極。

「如果我能夠射精，現在就應該有孩子了。」信二以平靜的語氣說道。

但是，由希子卻越來越感到不安，她的身體狀況越來越差，無法動彈的部分越來越多，她擔心如果有一天全身無法動彈的話，應該如何是好？

現在，她完全不會跟照護者談到有關「性」的話題。

「我總覺得不該問這種事情，所以我會盡量避免。」她說。

假如他們兩人都無法動彈的話，他們打算如何做愛呢？

「大概也只有請照護者幫忙了吧！但是，如果照護者的年紀比我小，我還是會很排斥的。」

由希子話一說完，信二接著說：

「我們認識一對擔任義工的夫婦，專門幫助身心障礙夫妻做愛，但是，這種事讓我覺得害羞，也很排斥，其中一個因素是，我不希望男性照護者看到我老婆的裸體，如果是女性照護者的話，我怕我可能會把視線停留在對方身上。」

由希子就像豁出去一般又把話題接下去。

「等到全身不能動彈的時候，我擔心自己可能會把他和正常人做一番比較。現在只要發生某些狀況，我就會想到如果是以前的男朋友，就不會發生這種情況。老實說，我很討厭自己這種想法。」

信二仍然是同樣的表情，但是，在他聽到這番話之後，想必內心是痛苦的。我根本不知道該回答什麼，可以肯定的是，由希子所說的這番話確實代表她真正的想法。

「你們覺得結婚最好的地方是什麼？」我提出最後一個問題。

「兩個人可以聊聊天、閒扯淡，讓我心情很平靜。」信二說。

「雖然我們最近不太做愛，不過，能夠睡在一起聊聊一整天的事情也不錯。」由希子接著說。

他們決定即使是雞毛蒜皮的小事，都可以做為聊天的話題。

經過兩年，這對夫婦卻幾乎不再對話了。

信二離開了他們原本參加的獨立生活團體，由希子則晉升為「代表」，目前參與「照護保險與殘障津貼合而為一」的反對活動，因此，兩個人幾乎不曾同時活動。

在我前往採訪的那一天，因為由希子必須晚歸，只留下信二一人在家。

「兩個人在家的時候，你們會聊天嗎？」我問。

「不會，妳問我們一天聊天幾分鐘？一分鐘也沒有，因為我們的活動時間不同，每餐也是各自買便當或其他食物。」

即使由希子想跟他說說話，他也總是以太累了做為藉口。

信二的生活確實非常嚴酷，光是排便這件事就很累人，每週兩次由晚上十點到十二點，他要坐在殘障專用的馬桶上，直到深夜才可就寢。此外，耳鳴問題整天困擾著他，一整天都感到非常疲倦，連脾氣都很暴躁。但是，這種情況從幾年前就開始了，並不是從兩年前才開始改變。

「我覺得她的存在就像是空氣一樣，套句老話，我就像是她的囊中物。」信二說。

兩年前由希子曾說過想要有孩子，希望信二去接受精液檢查。

「我沒有去檢查，因為我不想要有孩子，她卻不諒解。我們養了一隻貓來替代孩子，我喜歡鼓，就取名為『小鼓』。」

他邊說邊撫摸臥在膝蓋上有著一身美麗灰毛的貓咪，小鼓眯著眼睛享受主人的撫摸。

他們現在並不做愛，每個月大概只有一天睡在一起。由希子都會主動邀他一起睡，但是大多數的情況都是信二以疲倦為理由加以拒絕。

以前由希子曾經說過，兩人即使沒有做愛，只要能夠睡在一起就感到很幸福。所以，當信二拒絕時，由希子會進一步說服他。

「即使很累，只是睡在一起應該也無妨吧！」由希子說。

「可是我實在很累，我很想一個人睡覺。」信二回答。

結果造成由希子相當大的精神壓力，有時候連經期都遲遲不來。

「在這種情況下，你還是覺得結婚真好嗎？」我問。

信二注視著小鼓，然後緩緩移開視線，茫然的看著遠處。

「一半一半吧！沒有結婚可能會感到遺憾，但是有時候又希望回到單身，因為我們幾乎很少說話。」說完，又輕摸小鼓的頭。

書架上放了幾本越南的旅遊指南，聽說由希子和照護者一起去越南，信二並沒有同行。

書架上還有「烏鴉的面具」和「子宮」兩片DVD。

「這是什麼？」我問。

「我也不知道！」雖然這些DVD好像已經擺了很久，但是由他的表情可以看出，他是第一次看到這些DVD。

「我覺得這種情況不應該再繼續下去。」信二開始話多了起來。

「如果我的身體還稍微可以動的話就沒問題，但是，像我們家這樣一整天都有照護者在身邊，恐怕就很難保有個人隱私了。我覺得必須建立一個禁止第三者過度投入個人隱私的制度，而且必須讓我和太太兩個人擁有私人的時間，可以讓我們保持不會造成遺憾後果的關係。

此外，一般人如果不能以『感同身受』的心態來感受身心障礙者所處的狀態，就很難改變現狀。如果一直認為自己不會變成身心障礙者，就無法將身心障礙者所遇到的問題當做是自己的問題。所以，最起碼也要想像自己就是身心障礙者，否則，身心障礙者和正常人還是活在各自的領域。正常人視為平常的事情，身心障礙者卻完全無法做到，例如看不懂紅綠燈，不知道如何用錢，這些非常簡單的事情都被身體殘障給剝奪掉了。」

「你的意思是說，首先應該把照護人員集合起來，讓他們傾聽你們的真心話，告訴他們，你們也需要個人的時間，對嗎？」我問。

「嗯！也可以這麼說。我很想和照護人員花時間長談，告訴他我也需要和太太共度一些時間，但是，我太太總是有很多活動，而且我又很難對照護人員開口，或許最後我們會分道揚鑣吧！」

信二也知道生孩子的事情不該再敷衍下去，他也希望能夠完成妻子的願望，但是，至今仍然沒有跨出第一步。

「結婚並沒有辦法彌補內心的缺憾，即使兩個人在一起也難以解決，至少我的寂寞是沒有人可以填補的！」

信二說他死後不想葬在墓地，而是希望採用撒骨灰的方式，他並不想和雙親或妻子葬在一起。

「生就是死，死就是生。」

信二的這句話，一直縈繞在我的腦海，久久無法散去。

夫妻的性愛會隨著時間而發生變化吧！而且不管是身心障礙者或正常者，都可說是不變的定律。尤其是身心障礙者本身又有體力問題和照護方面的問題，就更容易出現各種變化。

腦海裡浮現這番道理的瞬間，我決定去採訪第二章介紹過的腦性麻痺的伊緒葵夫婦。

他們已經結婚一年半了，究竟情況如何呢？

結果正如我所想像，他們做愛的次數只有一開始的一半而已。

「一開始的時候，我們就像動物發情一樣，不論任何時間都可以做。但是，現在即使阿葵色瞇瞇找我，我大都會以很累來拒絕，偶爾才會答應。」妻子尤佳莉說。

「如果不要的話，一開始就跟我說清楚就好了，明明答應我今天晚上要做，卻又說不要，唉！我就會不太高興，欲求不滿會加倍！」阿葵說出他的抱怨。

「可是，做家事很忙，實在很煩啊！對了！我們最近好像連親親嘴都變少了喔！」尤佳莉說。

在這種狀況下，阿葵應該會感到不安吧！

「對啊！連親嘴都減少了，我覺得她可能嫌棄我，而且，男人嘛！積了太多也不行的。」阿葵說。

「好啦好啦！免得我們變成無性夫妻。」尤佳莉笑著回答。

我把一直很在意的問題提出來。

「以前尤佳莉曾經說過，你可能不讓她的頭枕在你的手臂上，現在呢？」

「經妳這麼一說，我倒想起來了，最近我們好像很少這麼做了。」尤佳莉說。

「尤佳莉不是把我的手當做枕頭，而是整個人壓著我。」

看來他們當初所擔心的「二十年後」的現象，經過短短的一年就已經浮現了。

最近，即使兩個人都在家裡，也都是各做各的事。

「交往的時候，我們都是做同樣的事，現在我看書，他看電視。不過，各自做自己喜歡的事情也還不賴，只要他在我身邊，我就很高興，很有安全感。」尤佳莉說。

「對我來說，她是不可或缺的，她一不在，我就覺得怪怪的。」

「對啊！這就是生活，和談戀愛是不一樣的。以前不敢當他的面挖鼻孔，現在可以大大方方挖鼻孔；做愛後以前會偷偷穿胸罩，現在根本就當著他的面換，這就是生活嘛！」

由他們兩人的談話可以了解，兩個人的對話雖然變少了，但是只要陪在身邊，兩個人就感到安心。

「尤佳莉越來越像媽媽，老是愛嘮叨。」阿葵說。

「那你就要小心一點啊！很多事情老是改不了，例如飯粒掉滿地，或是明明要我煎魚，等到我煎好了，又說要吃義大利麵。」

他們兩個人互相數落一番，但是，在他們說話當中，眼神都是專注的停留在對方身上。

尤佳莉去年參加電腦學校的課程，每星期上課一天，已經考取證照，現在每個星期到婚紗攝影公司上班三天，目前還不滿一個月，不過，她覺得生活過得很有意義。

高中畢業後，尤佳莉考取美容師的資格，曾經在東京的美容工作室上過班，但是為了還債，只好開始從事舞廳小姐的工作，喜歡買名牌，又養小白臉，結果把身體搞壞，後來就到柏青哥店上班。

和阿葵認識之前，她很喜歡買名牌，幸好在結婚之前，就還清所有債款，現在她不再迷戀名牌了。

「我現在的薪水不多，不過，能夠從事自己喜歡的工作，就是幸福。如果為了錢而必須勉強做自己討厭的工作，只會讓自己身心俱疲。像我現在，一到週末就必須忙著準備三餐，內心卻很踏實。」

尤佳莉具備的美容師的證照資格，如今就只能發揮在阿葵的頭髮上。阿葵喜歡剪平頭，所以只要一把推剪就夠了。

尤佳莉上班的這件事情，阿葵究竟有何看法呢？

「她喜歡就好。與其整天在家，能夠走出去也很好。」阿葵說。

經由埼玉獨立生活中心的介紹，阿葵到某位身心障礙者的家裡教授電腦，每個月一次，一次一萬日圓，但是有時候會被對方提出的問題所問倒，所以並不輕鬆。阿葵是利用下巴敲打摩斯密碼來打字。

他們的婚姻之路似乎比剛結婚時還要踏實，整個氣氛也不一樣。換句話說，尤佳莉整體上更顯柔軟，阿葵也表現得更自在。

「尤佳莉的父母現在還是和以前一樣堅決反對嗎？」

「我爸還是一樣，三個月前，我們和離婚的媽媽見過面，媽媽還跟阿葵說『一切就拜託你了』。」

據說當時連阿葵的母親都很擔心，但是現在已經可以放心了。阿葵的爸爸也常常來找他們，有時也會送來燉煮的食物或秋刀魚。

「爸爸怪怪的，尤佳莉不在的時候，他把東西放好就走了，但是只要尤佳莉在家，他就會一直和她聊天，很久都不走。」

一聽完阿葵的牢騷，尤佳莉立刻反駁。

「那是因為大家都和我站在同一戰線啊！」

他們決定不生小孩，主要理由並不是因為身體殘障的問題，而是他們想要做自己想做的事情。

聽到這裡，我突然想起尤佳莉以前曾經說過想要有小孩，所以，我把視線移到尤佳莉的身上。

「有時候看到別人的小孩，總是覺得好可愛。」

尤佳莉的視線稍微往下移，不過，不到一秒的時間，她又用爽朗的聲音繼續說下去。

「反正也生不了了，做愛的次數又少了很多！」

接著，尤佳莉又加了一句話。

「不過，只要一做愛，我們都不會偷工減料呦！」

尤佳莉對阿葵的不滿僅有一個，那就是周圍的人對他倆結婚的反應。

「每個人都會對阿葵說『有這種太太實在很好』，可是我很想問他們好在哪裡？有些人會對我說『妳真偉大』，我卻懷疑我哪裡偉大？」

阿葵接著說：

「身心障礙者走在路上的時候，有些婆婆媽媽就會說『辛苦你了』，我才想告訴她們『妳也辛苦了』。」

說到這裡，尤佳莉就一肚子氣。

「坐電車的時候，也有人會對我說『辛苦妳了』，我真想回她『一點也不辛苦』。有的人還說阿葵是我哥哥，我就會瞪她一眼跟她說『是我先生』，反正別人總是喜歡把自己的感覺加在別人身上。」

「如果她說我是妳弟弟，妳就更不能原諒她吧！」阿葵故意調侃尤佳莉。

「也許那些人並沒有惡意，只是一種關心吧！」我說。

我突然發現到善意和惡意之間，有時真的很難區隔。

「她們憑什麼那麼想，反正她們錯的很離譜！」

「可是妳一生氣就表示妳輸了。」阿葵以平穩的語氣說。

「我如果什麼都不反駁，一切就不會改變。像你，不也是想跟她們說『妳也辛苦了』，卻沒有說出來。」

這時候我才發現，我以前曾經好幾次問過尤佳莉：

「結婚時妳不會在乎他的殘障嗎？」

現在我才發現，那是一個多麼愚蠢的問題啊！

「阿葵是一個講信用的男子漢，一直支撐著我。過去我曾經和醫師、律師、娘娘腔、賭徒等各種男人交往過，也有人跟我求過婚，但是，阿葵卻是唯一讓我想跟他廝守終生的人。卻有人老是用看笑話的心態看我們。雖然阿葵老是愛講一大堆不太好笑的冷笑話。」

「可是每次我說笑話，妳都覺得很好笑啊！」阿葵提高聲音反駁。

「我喜歡阿葵溫柔體貼、有幽默感、又有很多有趣的地方，他很好玩，又風趣，又可愛，沒有人規定不可以愛上身心障礙者，尤其身心障礙者大都很封閉，很多人並不了解他們的魅力。」

尤佳莉說完，伸手牽住阿葵的手。她穿著一雙有凱蒂貓圖案的拖鞋，阿葵的手腳微微抖動著。尤佳莉無意間察覺到阿葵的長褲褲腳捲起來。

「看，他也有性感的一面呢！」

說著說著，一邊很自然的伸手整理阿葵的褲子。

我的內心有著深刻的感觸，早在阿葵遇到尤佳莉之前，我就認識阿葵了。三年前看到他所做的性義工網頁，我去見他，那是我和重度身心障礙者長時間聊天的首次經驗，我跟他有著嚴重的語言障礙，不僅要耐心聽他說話，而且阿葵常常要重複說好幾次，我才能了解他話中的意思。當時阿葵正在尋找可以為他做性義工的女性，內心非常寂寞，而且也略帶逞強的個性，現在的他簡直可以說是脫胎換骨。

「對了！小百合曾經打過電話給我。」阿葵說。

小百合就是那位幫助阿葵進行手淫的性義工。

「打電話做什麼？」我問。

「也沒什麼事，只是在電話裡問候我，我告訴他我已經結婚，她很為我感到高興。」

事後，我曾經問過小百合對於阿葵結婚的看法。

「在我從事性義工的對象當中，我總覺得他們是身心障礙者當中可能一輩子都很難享受性愛的一群，但是，阿葵結婚了，另一位脊髓受傷的也結婚了，看來是我錯了，聽到他們過得很幸福，我也為他們感到高興。」小百合的表情就像是卸下重擔的感覺。

小百合現在已經不再從事性照護了，但是，她又再度舉辦教導身心障礙者電腦的活動。此外，阿葵的性愛網頁也從未再更新了。

「那個時候，你曾經想過現在的生活狀況嗎？你應該認為自己不可能結婚吧？」一邊想著剛認識阿葵的情景，我提出問題。

「嗯！我曾經想過結婚是一件麻煩的事，不過，我總認為自己一定可以交上一、兩個女朋友。」

阿葵這個人倒是非常樂觀。

「不過，以後他可不能再交女朋友了！」尤佳莉話中帶刺，她可不容許阿葵有任何偷吃的機會。

「他大概只能在夢中夢到和女明星做愛之類的事情了，他常說我吵醒他的春夢，我問他夢到誰，他說是濱崎步啦，或是貝琪啦！」

阿葵也不甘示弱加以反駁。

「妳自己還不是一樣。」

「對啊！我喜歡hyde、福山雅治，電腦的桌面就貼著他們的照片呢！」

「你們兩個真是和平相處。」我看著眼前這對夫妻。

「對啊！世界上還有許多國家處在戰爭中，為什麼我們可以這麼和平相處呢？」尤佳莉撒嬌說道。

「你們兩個會一輩子在一起吧？」

這個問題似乎讓阿葵百感交集。

「可是，我是個身心障礙者，身體又虛弱，不知道將來會怎樣？」阿葵說。

「你身體哪裡虛弱？」

聽到阿葵的話，尤佳莉輕輕踢了阿葵一腳。

聽阿葵說，他最近常常坐在輪椅上就昏厥過去，足部神經也變得有點奇怪，醫生也說可能治不好了。

聽完阿葵的話，尤佳莉笑著回答。

「他呀！就是想太多了。」

不過，我私底下問尤佳莉，她並不是一點也不擔心。

「我常常想，如果阿葵的狀況更嚴重的話，他一定會更無聊，但是，這也是莫可奈何的事情。所以，我都會告訴他一定會好的，反正一定可以活下去，讓他可以好好吃飯。」

「可是，妳不會覺得很辛苦嗎？」

「確實有點，例如抱他上廁所尿尿，不過，其實也沒什麼。就像我不太懂機械，根本不知怎麼操作錄放影機，他就會幫我，這不就一樣嗎？」

我去拜訪他們的前一天，正是櫻花綻放的日子，天空下著小雨，乍暖還寒的日子裡，嘴裡吐出來的空氣都是白煙。

他們為了慶祝爸媽的結婚紀念日，正在計畫和全家人一起去溫泉勝地賞櫻。

雖然阿葵是身心障礙者，但是，他們並不認為有什麼不方便。

他們曾經去過東京巨蛋看足球賽，也看過彩虹樂團、史密斯樂團的現場表演；去橫濱的唐人街大口大口吃叉燒肉包、去迪士尼樂園和米老鼠抱抱、去鐮倉看海、去台場夜遊。此外，兩個人都愛喝酒，大概每兩天就會喝掉一大瓶日本酒。

他們的床上放了一個必須用雙手才能抱住的米老鼠布偶，這是以前沒有看過的，據說是阿葵到遊戲中心贏來的。由於阿葵的雙手無法動彈，都是用下巴操作，店員還露出一臉鄙視的表情，沒想到卻被阿葵贏到大獎。看到店員目瞪口呆的表情，兩人捧腹大笑。

阿葵從來不曾拔掉手上的婚戒，連洗澡的時候也一樣。

「他是因為拔不下來，道理就這麼簡單！」尤佳莉俏皮的調侃阿葵。

「我是不想再讓她跑掉，除非把我的手指剁掉！」阿葵加以反駁。

「阿葵最愛哼一首壽險公司的廣告歌曲，歌詞有『要考慮清楚喔！婚姻大事是很重要的，ㄨ—ㄨ—ㄨ—』，每天哼個不停。」

「依我看來，他是覺得結婚真好。」我故意調侃阿葵。

「我倒不這麼認為，他是說結婚要好好考慮，不然會後悔的。」尤佳莉的臉上露出言不由衷的表情。

不可否認的，他們做愛和擁抱的次數變少了。阿葵婚前費盡心思尋找做愛對象，由於他的手無法活動，根本無法自慰，三十歲以前從未有過射精的經驗，僅有的經驗都是因為夢遺而弄髒褲子。實在難以忍受這種痛苦，他才在網頁上召募性義工，費盡苦心希望能找到可以跟他做愛的對象。如今，他對此事卻不再執著，應該說他已經找到人生目標了吧！

以後他們會過著何種生活呢？

「我們會悠哉游哉過下去，吃吃美食，喝喝酒，做自己想做的事情，只要兩個人可以一起開懷大笑，就是我們最大的願望。有時我們也會擔心身邊的事情，但是後來想想，只要兩個人能夠幸福就已經足夠了，我們不想勉強自己做不喜歡的事情，就這樣活下去，就這樣活到老，兩個人就這樣生活下去。」

終章

偏見與美談之間

我又再度把竹田芳藏的錄影帶放入放影機中。

畫面中出現男攝影者正在幫助他自慰。

「性，是生活的根本！」

第一次和竹田先生見面時，他曾經對我說過這句話。

我一直在追尋這句話的真諦。

在我進行一連串的採訪期間，曾經有許多人問我：

「妳為什麼要報導身心障礙者的性問題？」

「一般人常常對身心障礙者的性抱持偏見，並且對身心障礙者的戀愛視為一種美談，卻同時抱持懷疑的態度。我的目的就是要確實報導其中的狀況。」

但是，我的說明似乎沒有為對方解惑，他們還是對我提出各種疑問。第五章的安積遊步曾經說過「想要探討身心障礙者的性問題之前，首先必須先了解自己的性」，這句話一直留在我的腦海裡，久久無法遺忘。

但是，竹田卻從來沒有對我問過類似的問題，我曾經問過他：

「你對我的採訪原因不感興趣嗎？」

竹田只是緩緩的搖頭。

記得小學一年級的暑假，蟬鳴聲劃破整個天際，炙熱的陽光照射在柏油路上，路面上竄出一串串的熱氣。

我到學校的游泳池游泳，在回家的路途中有一個年輕人叫住我，對我問路，並把我帶到一棟樣品屋，露出他的性器官，並且把他的嘴壓到我的臉頰。

有很長的一段時間，我不敢將此事告訴任何人，甚至到現在，也沒有跟爸媽說過。雖然只是五分鐘的事件，這個陰影卻足足影響我二十多年。

或許有人認為這種事也沒什麼大不了，但是對我而言，卻是影響我對性態度的一個遠因。

我並沒有刻意去記住這件事，但是，這個沉沒在內心深處的記憶，卻總是偶爾會產生反應，悄悄爬到腦海的某個角落。

經過十多年的時間，才讓我抹去這個不愉快的記憶。但是，我對性愛卻總是採取過度偏執的態度，有時甚至不想去探討自己的性愛問題。不過，或許也正因為如此，性這個主題才會吸引我。

我把這件事情告訴竹田，他可以了解我的心情。

「我……了解……妳……的……心情……」

然後，他告訴我小時候有一位女鄰居曾經強迫他做愛，而且不只一次，竹田認為對方可能欺負他殘障，所以才故意玩弄他。

當時我決定隨著竹田進入他的記憶，但是卻因為過度沈重與黑暗，讓我無法繼續下去。我突然發現竹田早已淚流滿面，他可能回想到什麼事情了！我輕輕觸摸他不能動彈的手，他的手佈滿皺紋，又硬又粗，而且是濕的。竹田察覺到我的表情，立刻拚命想擠出笑容，所以整張臉更顯扭曲。

我們彼此都分不清是哭是笑，只覺得兩個人的內心非常契合，我和竹田的手緊緊握在一起，一直握在一起。

竹田並未受過教育，而是自學才會識字。手還可以動時，他會用顫抖的手寫下扭曲的字體，自從手不能動之後，他開始使用字盤。點一個字都要花費很長的時間，但是他把二十幾歲開始寫的詩句，集成兩本冊子，而且將在最近出書，書的內容包括詠讚自己人生的俳句與短詩，甚至還有散文。

據說他是採取半自費出版，也就是自己支付書籍的製作費，然後根據出售的本數抽取版稅。總共花費一百八十萬左右，住在養老院的八十幾歲的姊姊也出錢資助他。總之，出一本書必須耗費極大的心神，不過，他還是執意要出。

聽到竹田的書已經打出樣張，我立刻趕往療養中心。

竹田無法發出聲音，從他的喉嚨發出不成聲的Ha—Ha—Hi—Hi—的氣聲，可以了解他正在說話，不過，他的氣聲顯得已比以前虛弱許多。

他把我帶去的櫻花紅豆餡餅一口塞進嘴裡。

「妳⋯不⋯結婚⋯⋯嗎⋯」他最喜歡問我這個問題。

「沒有對象。」這是我慣常的回答。

「妳想結婚嗎？」他很愛逼問我。

接下來我們的話題就會回到山岡綠小姐。

不管有沒有身體殘障，總有一些人很想戀愛與結婚，終究卻無法達成。竹田和山岡綠在當時非常鄙視身心障礙者的環境裡，不僅無法結婚，也不可能住在一起，更遑論結婚，甚至連隨時想見上一面恐怕都不太方便。

竹田說他曾經想過這輩子一定要結婚、生小孩，來證明曾經活在這個世界上。

他的床上放著剛印刷好的書。

竹田的照護人員佐藤說，竹田每天都抱著這本書睡覺。

那一天，竹田拿出山岡寫給他的三十二封信件，信封上的郵票從昭和四十一年的十五日圓菊花郵票，一直持續到昭和五十五年的五十日圓的彌勒佛菩薩像的郵票，信箋裡還夾著筆頭菜或蒲公英的壓花。大概是經常拿出來反覆閱讀吧！泛黃的信紙已經非常殘破。

信上的筆跡時而工整時而凌亂，可愛花樣的信箋寫滿了山岡的想念。

「你在病床上一直說著『萬一我死了，我願化作溫暖的和風，在妳悲傷、寂寞的時候，溫暖妳的胸懷』，現在，當我聽到窗邊的風聲時，我才察覺到，原來那就是你。所以，我今天絕對不關窗，我要讓化成風的你，可以隨時來到我身邊。」

「你的身體原本就不好，卻還能隨時鼓勵我，不論是健康的時候，或是我們兩人同時生病的時候，竹田都還是耐心激勵我，我永遠懷念以往我們一個是病人一個是護士的日子！」

由這些少女情懷的筆觸中，一個活跳跳的山岡小姐就這樣呈現在我眼前，她的信件，有時也會出現沮喪的用語，例如「你應該找一個女生戀愛」。

而且在信件的結尾，通常都是「給我唯一的男朋友」、「給天下唯一的男人」、「我摯愛的情人」等等。

但是，當時的她，並不是處在非常穩定的狀態中。

在她的信件中，有時也會寫到她的近況。

「三點半吃晚餐，現在餓到快要受不了。」

寄出這封信的時候，山岡正受精神疾病所苦而住進醫院，最後臥軌自殺。

她的信件一直寫到去世前三天，佐藤也是第一次看到這些信。

竹田希望往生後，自己的骨灰能夠和這些信件一起合葬，所以才拿出來讓我們看。

山岡的遺物是一隻手錶，這是她死後，醫院的員工交給竹田的，另外還有由三個金色心型飾品連成一串的耳環。手錶並非價昂之物，耳環也只有一個，竹田先生慎重地把它們收進盒子裡，一直收藏到現在。

在這個盒子裡，還收放一隻刻有紀念書籍出版字樣的手錶，兩隻都是精工錶。

「阿綠……的……手錶……或許……停掉……了」竹田說。

從盒子取出手錶時，我發現手錶的時間有點不準，但是，就在竹田取出來的剎那，它就開始走動。原來它是一隻自動錶。

只要竹田想念山岡而從盒子取出手錶，或是以後陪伴竹田合葬，這隻手錶將會陪著竹田一起刻劃每一個時刻。

我突然想起竹田曾經吟詠過的詩句。

兩人倚肩同行　彷如一場春夢

竹田從二十幾歲開始，每當輾轉反側難以成眠時，就會思考自己的生命意義究竟是什麼？

竹田說，有的人認為生命的意義在於做自己喜歡的工作，也有人認為是工作、信仰或家庭。但是，自己是重度身心障礙者，凡事都要藉助別人的幫助，否則什麼事也做不了，而且住在療養院，受限更多，無法工作，沒有信仰，更不可能有家庭。

像他這樣的人生究竟有何意義存在？他應該如何尋求他的人生意義呢？

他思考這件事已經長達五十年以上。

「你找到答案了嗎？」我說出一直想問的問題。

「我…還在…繼續找。不過…我想到……一件事……那就是……我擁有…一段…和一般人…一樣的……愛情……。」

他使盡全身力氣，擠出不成聲音的聲音「說」完之後，就像是完成一樁大事一般鬆了口氣，緩緩閉上眼睛。

他和山岡之間不曾有過性關係，不過，竹田認為，他們兩人之間的關係也可以說是一種「性」。

「性，是生活的根本！」

竹田所說的「性」應該不單指做愛或性行為，應該是廣義的涵蓋人與人之間的親密性或由愛情而產生的性。

美國的性教育學家曾經說過：

「Sex是在兩腳之間（下半身），Sexuality是在兩耳之間（大腦）。」

竹田所說的性，或許指的就是Sexuality。

後來，竹田因氣管大量出血而送醫。

佐藤非常憂心他的狀況，問他最後想跟誰見面，沒想到竹田想要見的卻是跟他非親非故的色情店的京子小姐。

這位年過七十，嚴重殘障，只要取走身上的氧氣瓶就隨時會走的人，念念不忘的依然是「性」。

面對性的過程，我始終只會「立正站好」，但是一聽到這句話，我油然生起一股既悲傷又可笑的心情，內心同時又興起一陣清晰的思緒，原來「性」和生命果真是無法切割的。

後序

我之所以要以身心障礙者的性問題，來做為我探討的主題，或許是源自於我本身對「性」所抱持的一種徬徨猶豫的感覺。

開始採訪的兩年半以前，我一直認為「身心障礙者的性」是一種禁忌，也是一個不得碰觸的範疇。但是，不可諱言的，「性」是人類基本的慾望，如果將它關閉在不准碰觸的黑暗中，並且視而不見，總覺得是不對的，所以，我決定著手進行這項採訪。此外，我在大學時代，原本計畫獨自前往一位身心障礙者家中擔任義工，卻被一位療養院的員工好心勸阻。

「女孩子單獨前往，恐怕會受到侵犯！」

當時我認為那是他對身心障礙者的偏見，但是最終我還是沒有獨自前往，而且就像留下一個未完成的家庭作業，至今仍是我心中的一個疙瘩。

我就在情緒高漲的情況開始進行，但是，當我跟身心障礙者以及照護者實際談話當中，我慢慢察覺到自己似乎把這件事標榜到太高的境地。

竹田芳藏受過氣切手術，整天都必須配帶氧氣瓶，唯獨到色情店的時間完全不用氧氣瓶。療養中心的義工必須冒著極大的風險帶他外出，但是他卻平淡地說：「其實這也沒什麼大不了的事！」

牛郎店的老闆為身心障礙者打折優待，他卻不認為是為了身心障礙者或是為了自己的生意，只是淡然的說：「其實也沒什麼！」

總之，這些人從來不標榜「向禁忌挑戰」，只是以最自然的態度面對眼前的身心障礙者，為他們進行性的照護。

身體有殘障，自然就有很多不方便的地方，但是，如果把這些因殘障所帶來的不方便的地方，一片一片加以剝除的話，身心障礙者和健康者之間的界限似乎顯得非常曖昧。而且，最後剩下來的，恐怕就只有與殘障沒有絲毫關係的每個人都有的「性問題」而已。

在採訪當中，我總是感覺到，自己似乎也被對方問到自己的性與生活方式的問題，我常常和對方站在同一條陣線，共同為同一個主題傷透腦筋，並且一再的在錯誤與失敗中學習。我不僅是單純聽取他們對於性的看法，同時也會說出自己的意見，也會說說對於性的看法，其中當然也包含自己的無知和偏見。

其實不僅是身心障礙者的性而已，每個人的性體驗和對性的看法應該是各不相同，也不是說每個人都應該要異中求同，我認為倒是應該要發揮每個人的想像力來相互認同。

「性」這件事或許並沒有一個正確答案，不過，我認為唯有繼續思考下去，才能找到它的真諦吧！

在整個採訪寫作的期間，有一句話經常在我的腦海裡迴響，那是在我採訪期間認識的第一位女性身心障礙者所說的一句話。

「性，就是確認自己出生意義的一項功課！」

由每位接受採訪的人士口中，讓我深刻體會到，性，原本就是屬於一種個人體驗，雖然我有點擔心我的採訪內容究竟會帶來何種影響，不過，我還是對曾經在採訪過程中幫助過我的每一位貴人致上最高的謝意。

附帶一提的是，為了保護個人隱私，書中人物有一部分是採用假名。

本書是根據二〇〇二年五月和二〇〇三年二月到三月之間，在朝日週刊的「非文學劇場」連載的稿子為基礎，經過大幅修正與追加採訪編輯而成的。不僅將整個內容架構加以變動，連我個人對這個主題的態度與看法也有了重大的改變。

感謝朝日週刊的編輯部前輩給予我這項採訪主題的建議，也要感謝荷蘭的「女性公論」接受我的稿子，並要感謝女性公論的編輯部給予我前往荷蘭採訪的機會；更要感謝攝影師門間新彌先生，提供他的作品做為本書的封面（此指日文版書封）；尤其更要感謝的是，讓我有機會集結成書的新潮社出版企劃部的秋山洋也先生。

二〇〇四年五月二十八日

河合香織

日文文庫版後序

竹田芳藏先生過世了！

二〇〇五年歲暮，他吃完一大碗魚子蓋飯的五十分鐘後，當護士前往巡房的時候，發現他已經與世長辭了。幾天前他才跟療養中心的職員說：

「過年的時候，我們一起去吃河豚。」

每年過年，吃一餐河豚大餐，以及前往色情店，對於重度殘障的竹田先生而言，是他最期待的兩件事。

沒有人陪在身旁，也沒有留下一句話，他就這樣孤獨的去世了。

那段時間我正巧出國，當我回到成田機場，為我的手提電腦插上電源時，立刻接到這項訊息，而且已經是去世一個星期了。

佐藤（療養院的員工，常義務幫助竹田前去色情店）說竹田先生生前已經舉辦過告別會，所以就不再舉行葬禮，祭壇上也沒有花，就這樣悄悄的走了。

四十九天後的隔年二月，我和佐藤前往東京近郊的墓地祭拜竹田先生，由於無人供養，所以就葬在「永代供養」的共同墓地上。
金色的墓塔看不到半朵花，由此可見已經有一段時間無人前來祭拜。雨聲和烏鴉叫聲響徹天空，這裡雖然位在海邊的高地上，卻看不到海的蹤跡，只能看到一大片規劃得井然有序的住宅區。
我把竹田先生最喜愛得白色百合花插入花瓶，並在墳墓上澆水，但是，我突然有個衝動，想在他的墳墓淋上酒，因為竹田先生非常喜歡喝酒。他最愛喝日本酒，但是一時間也買不到，就到佐藤車上拿來一瓶葡萄柚口味的水果酒來替代，瞬間整個墓地充滿甜甜的酒味。
採訪期間我曾經問過竹田先生最想達成的願望是什麼，竹田先生的回答是：
「我想…和她…去…小酒館…喝一杯……」
他說他和唯一的情人最後一次見面時，對方曾經對他說：
「我們下次一起去喝酒好嗎？」
沒想到她卻從此走上人生的不歸路，兩個人一輩子都不曾一起喝過酒。
我問他在另一個世界應該有小酒館吧！他的回答是：
「我……不……知道……不過……我…希望…有…因為……我會……和她……見……面……」
現在，或許他們已經在另一個世界舉杯共飲了吧！

半年後的第一次盂蘭盆會，我和佐藤花了三個小時，在酷熱的氣溫下，在竹田先生的墓前朗讀他的情人寫給他的三十二封信。

「我的內心只有芳藏，雖然我們分隔兩地，還是不改愛你之心，我會耐心等待再度相逢的日子。」

遠處傳來汽笛聲，微風中夾雜著海水的味道，雖然看不到，不過可以確定的是，海就在附近。

佐藤現在還是繼續為身心障礙者擔任性義工。

自從《性義工》一書日文版上市後，獲得各種迴響，有人告訴我有些療養中心原本不允許成人在個人房進行自慰，現在也已經放寬標準。有對殘障夫妻平常都是藉由性義工的照護進行性交，卻因為性義工的出走，使他們夫婦陷入無法做愛的困境。另外，還有一位男性身心障礙者告訴我，他光是聽到「性義工」一詞，就覺得不舒服，因為他一輩子都不可能有性體驗。甚至還有身心障礙者的父母告訴我，他們很煩惱殘障兒子的性問題。

不僅是身心障礙者或身心障礙者周遭的親友，甚至連不曾想過「殘障」兩個字的人，都紛紛告訴我他們個人的感想，其中最常出現的看法就是「身心障礙者也是人」。

身心障礙者也是人，這是不言可喻的道理，是一種事實。提出這種看法的人，並不是想要藉此來表示彼此之間的差異，而是因為從過去到現在，人們幾乎不曾接觸過身心障礙者，也沒有機會深思這個問題，而且凡事都只是先想到自己。

日文單行本發行後經過兩年半的時間，書裡面介紹過的主角人物紛紛出現不同的變化。

專門為身心障礙者做性服務的聽障者百合奈，突然辭職且不告而別，她的老闆齋藤晴文以平常的語氣說：

「我感到很遺憾，不過，這個行業就是這個樣子。」

他的營業額一直不見起色，所以開始從事其他副業。經營身心障礙者性網站的熊篠慶彥先生則是進一步和NPO定期舉辦各種活動。夫婦兩人同是身心障礙者的伊藤信二和由希子則以「難以言喻的理由」走上離婚之途，分別各自生活。伊緒葵和尤佳莉夫婦則是寄了一封電子郵件給我，內容是：

「結婚已經四年，彼此早已沒有感情，經常發牢騷，經常吵架，沒有半點令人感動的事。如果認為結婚後，做愛就沒有問題，那可就大錯特錯了！」

不過，他們兩個人還是決定繼續過著婚姻生活。

對我而言，過去我總是固執又自以為是的認為「應該這樣」，不過，現在我已不再如此堅持了！

二〇〇六年十月一日

河合香織

解說

高山文彥

身心障礙者的性問題和幫助身心障礙者進行性照護的人員，一向被視為不得探討的禁忌問題，本書是第一本探討這個領域的報導文學。

對於完全不了解這個領域的我們而言，作者用她詳實細膩的筆觸，首先介紹一位片刻無法離開氧氣瓶的身心障礙者，在照護者的帶領下前往色情店，冒著生命危險取下賴以維生的氧氣瓶，與神女進行性愛，通篇皆讓身為讀者的我們驚訝連連。這位身心障礙者甚至還說一句至理名言：「性，就是生活的根本」。文章中也提到這名照護者偶爾還會幫忙身心障礙者進行手淫。

作者曾經和書中人物有過實際的接觸與訪談，但是，一定有更多身心障礙者，很難將這種充滿貪嗔癡與愛恨情仇的性愛問題告訴別人，所以可能終其一生從未向照護者甚或另一半，表達自己的性愛需求，甚至故意遺忘掉這方面的需求。

書中所介紹的人物從未表現出逞威風的姿態或強迫推銷自己的信念，作者宛如跟讀者說故事一般，時而令人噴飯，時而令人默然，以她的生花妙筆，樸實敘述每一段故事。作者始終以誠實的態度面對書中每位人物，甚至也嘗試表達出自己的想法與本身對性愛的看法。

想談戀愛、想做愛是天經地義的事情，但是，如果無法說出來（例如前面提到的主角就無法發出聲音），如果身體也不聽大腦指揮的話，就很難把性與愛確實加以實踐。例如雙手無法動彈的人，必須央求他人幫忙手淫或是找人做愛。在正常人的世界，這是司空見慣的事情，但是在殘障世界，聽到有專門服務身心障礙者的色情店，就像是獲得救贖一般令人大感吃驚。這類色情店並非不收費的義工性質，但是，不論是色情店的老闆或性工作者，都會被歸類為十分奇特的人。

作者就像月光一般輕柔照射在每個人身上，讓他們自動敞開心扉。她不以了解日本現況而滿足，甚至還飛往性愛照護非常先進的荷蘭，抱持她一貫窮追猛打的精神，探討荷蘭有哪種人？正在做什麼事？並且歷經何種過程？

最後，她以半帶憂傷的心情踏上歸途。為什麼她會如此固執的想要探討身心障礙者的性愛現況呢？

我一再拜讀此書的時候，突然發現到一件事。在日文版單行本的腰帶上，印有一段令讀者大感興趣的文字——身心障礙者也想談戀愛、身心障礙者也有性慾——不過，與其說作者想要表達的是「身心障礙者的性愛」，不如說是把身心障礙者視為一個「正常人」，並詳實描寫他們的性愛與照護現況。換言之，她所要探討的是「人，究竟是什麼？」她甚至還進一步探討自己的性愛觀念。

在採訪的過程中，應該有很多無法訴諸文字的事情吧！即使所有的文章已經公開發表，腦海裡一定還縈繞著許多痛苦的回憶吧！儘管後來又發行單行本，而且再版的速度非常快速，甚至晉升為暢銷書，但是，一看到封面的標題，最讓人們感到好奇的是「她有沒有性義工的經驗？」一旦知道沒有這回事，人們又開始竊竊私語「沒有經驗的人怎麼能夠寫出這種書呢？」

只要看到封面的標題，通常就會讓人誤以為，一定是一位曾經當過性義工的女性所寫下的手札；或是認為是一位野心十足的女性作家，經過實際體驗後所寫出來的作品。

以上這段話是一位記者對作者所提出的問題，記者還問她，既然她沒有類似的經驗，究竟用何種態度來書寫這本書呢？作者胸有定見的回答對方：

「我從頭到尾都是秉持寫作者的身份去接近他們，也是以寫作者的身份來描寫他們的世界，這跟我有無實際的經驗，其實是風馬牛不相干的。」

抱持這種認真態度從事寫作的，她可說是碩果僅存。如果是別人的話，在採訪過程中恐怕就會出現許多麻煩。例如：一開始就要思考「幫助身心障礙者進行性愛」是否真的需要？同時還要捫心自問書寫這種題材是否只是自己的興趣本位？另外還要考慮到只要涉及到這個話題，出書之後，身心障礙者可能會認為有人為他們出力，於是引起一陣社會運動！

但是，作者完全沒有預設立場，而是以認真的態度來寫人、寫物、寫情、寫景。正是因為她抱持這種誠實的態度來面對每個人，每位接受採訪的人才能以最真實的面貌來面對她。

她並不貪求自己的書寫內容可以廣為世人所知，而是希望讓讀者了解另一個嚴苛的社會；而且作者以她認真負責的態度、誠懇的文筆來成就整篇文章。

每個人物的故事或所說的每句話雖然都有發人省思的一面，但是，最吸引我的，則是在荷蘭採訪時，作者和她的翻譯山本女士之間的對話。當她們見過一位需要性交照護的荷蘭身心障礙人士之後，她們在苦悶的氣氛中有了以下的對話：

「上帝真會捉弄人，像他這樣的人，居然還讓他擁有性慾！」

山本說完，緩緩嘆了一口氣，我輕輕點頭，但是卻也有些不太同意她的說法。

「最讓人受苦的，應該是擁有一個完全不符合自己個性的人生吧！」我說。

這句讓人深感無奈的話，就這樣迴盪在整個車內。

這句話可以說是貫穿整本書的基本態度。

身心障礙者就有如隨時處在驚嚇中全身不停顫抖的雛鳥；作者一邊捕捉身心障礙者面對現實的無力感，但是，作者又相信前面一定有一個「解決之道」，只是一般人還努力佯裝不知罷了。本書並不是一本單純以興趣為本位的書籍，而是希望能透過這本書引起讀者的共鳴。

或許有一天，作者會把身心障礙者的性問題化身為自己的性問題，甚至把自己帶往更深的領域，把性視為人類世界的一種共業。當她遇到堅持「性是生活的根本」的身心障礙者時，她首次提及小時候曾有過的恐怖「性經驗」，讓彼此相知相惜，流下疼惜的眼淚。在那個時候，她面對的並不是一個身心障礙者，兩人完全超越訪問者和被訪問者的關係，而且她的坦誠觸動了對方，讓彼此的內心深處產生交集。

身為採訪者的她，原本一直與被採訪者保持一段距離，但是，在整個過程中卻又意想不到的把自己一層一層剝開，在她面對主角人物難堪的生活狀況時，最後還是忍不住牽著對方的手啜泣起來。其實類似這種場景，只要作者不寫出來，就不會有人知道，但她還是寫了，不，應該說是被她自己寫出來了。

這本書最令我激賞的是作者的寫作手法。她在敘述每個人物的故事時，總是把讀者帶領到事實真相的最深處，然後她又像從這個故事中落荒而逃一般，從另一端另起爐灶，重新敘述一個新的故事。

現在的她應該已經遠離這個令她傷心難過的地點，重新尋找值得探討的人事物了吧！寫作一如耕田，唯有辛勤栽種，才可望豐收，所以，我引頸期待她的新作品將在不久的將來跟喜愛她的讀者見面。

（二〇〇六年九月）

我和我身心障礙朋友們的愛慾情仇

丁美倫　口述・蘇惠昭　整理

那件事發生的時候，我才讀完《性義工》譯稿沒多久。

在身心障礙協會的活動上，我發現一個六十多歲的阿伯緊盯著我，後來我上洗手間，他也跟過來了。

「我有話對妳說」。「說Ｙ」。「我真的要說了——」。「你就說Ｙ」。

那是我們在廁所前的對話。

他終於說了，帶著羞愧的神情：「嗯，剛剛看見你，我……射精了，因為我受過傷，腦子雖有那種想法，卻不能和身體連接起來，剛才卻……。嗯，很久沒有這種感覺了，我很想告訴你這件事。」

然後他的臉上浮現一種「我總算還可以」的快慰。

不知為何，面對那樣的場景，一個身障老人誠實的告訴我他射精了，而我並不覺得猥褻，可能是因為剛剛讀完《性義工》的關係，一本日本女作家探討身心障礙者性需求的報導文學。

面對性的慾望，那裡一直有一道封印，「不要去揭開它！」大家拚命喊，拚命阻止，以為只要牢牢守住，不要碰觸，就可以化解掉身心障礙者的七情六慾，假裝它們不存在。

《性義工》安安靜靜揭開了它。

而對自己成為身心障礙者的性幻想對象，我有一種比「深感榮幸」更複雜、更迷惘的心情。

然後我想起了一件更早以前的事。

我們協會辦公室一直由一群智障生負責打掃，其中有個男生似乎很喜歡我，每次看到我都會靠過來，碰一碰我，喊姊姊、姊姊，那天也一樣，他喊了我「姊姊」後，才一轉眼，因為剛好穿著一條黑色褲子，很明顯我看出他射精了。

「不好意思，妹妹，」輔導老師也知道發生了什麼，過來拍拍我，怕我被嚇到。「他雖然只有八歲的心智，但身體卻是三十五歲的身體……」

一個三十五歲的男人，看見了喜歡的女人，勃起、射精，這在正常人的正常世界中再正常不過，但發生在一名三十五歲的智障男人身上，它就成了一個不可說、不能說、不知該如何說的禁忌。

「那你們都怎麼輔導？」我問老師。

老師告訴我，有些智障者家庭會帶小孩去結紮，而社工員能夠做的，也就是轉移、轉移、轉移。轉移才能昇華。

但我們也經常聽到這樣的故事，為了傳宗接代，在看不見的角落，不知有多少父母為他們的智障兒「買」一個外籍新娘，而我所認識的一名智障女，我不時看到她大腹便便的樣子，所以便有一種惡意的說法不斷在傳播，說是一旦體會過性愛的滋味，身體被喚醒了，這樣的女人便會再度渴望，男人便有了趁機而入的機會，畢竟性是本能，而且永遠不能滿足。

到底智障者有沒有性的自主權？該不該生育？結紮人不人道？「智障者不是中性人」，身心障礙服務資訊網上有一篇「唐氏孩子的性教育」，文中提及美國學者Gordon的主張：每個公民都有權利要求適當的教育，智障孩子也和所有人一樣，需要愛和被愛，需要肯定其價值，並接受其為性的個體，「在近乎完全壓抑與否認性慾的情況下，成熟的智障兒在這充滿刺激的現代社會中，愈迷惑與不安」他說。

這讓我不斷想起《性義工》中，那些幫助癱瘓者自慰，或者帶他們到色情店「開查某」的日本社工，還有荷蘭，它竟然存在一個為身心障礙者提供性服務的團體SAR。

那是怎樣一個人權至上，觀念高度進化的社會，像遙不可及的天堂，不然怎會在維繫身心障礙者的生存之外，也照顧他們的心靈，正視性的需求。心靈和性，某些情況下它們的意義是相通的。

◎我

我，四十三歲，八個月大的時候，罹患了小兒痲痺症。

我可以說是在男人堆中混大的，與我的父親、我的三個哥哥（加上哥哥的朋友），還有幾十個舅舅、堂哥、表哥，一出生就面對一卡車的男人，男人這種動物對我來說等於天生自然的存在，而我則是父親最渴望得到的女兒，倍受寵愛。

因為和「正常男人」太熟了，我幾次戀愛對象都是和「正常男人」談的，也沒有身心障礙的男孩正式追過我——事實上有過，但他表達愛情的方式太不明確，我是那種你如果不直接明白告訴我「我喜歡你，我在追你」，便不知對方意圖的女生，無論再怎樣暗示，怎樣默默守候都沒有用。

等到他明白告訴我時，是在我結婚前夕。

但即使我得到那麼多的親情和友情，障礙的程度也不嚴重，被歸類為「身心障礙圈中的幸運兒」，二十歲以前，走在路上我時時刻刻都在注意別人的眼光，覺得每一個人都在看我的腳，我身體最醜陋的部分。

二十歲是一個分水嶺。

那一年我準備去自殺，因為自覺沒辦法走出身心障礙的陰影，不想活下去，於是在租屋處寫好了遺書，向房東說再見，便出發去烏來。我沒去過烏來，但書上說烏來再進去有個山明水秀的福山，我想到一個陌生而美麗的地方結束生命。

那天不是假日，通往福山的客運車上空空蕩蕩，但有個男孩卻走過來問：「我可以坐妳旁邊嗎？」，我無所謂的點點頭，他就坐下來了。

當時我萬念俱灰，心想自己臉上應該是一片平靜，不然就是一副就要慷慨就義的從容神色，但他似乎覺察了什麼，坐下後忽然開口問道：「妳怎麼了？妳要去做什麼？」

「我有怎麼樣嗎？」我回問他。

「反正我們素昧平生，下車以後可能再也不會見到，所以心裡有什麼事，可以告訴我……」他繼續說。

我想他說的沒錯，我們很容易對萍水相逢的陌生人剖心掏腹，說出秘密，因為我們不會再相見，所以我決定告訴他，我要去自殺。

「妳長這麼美，死掉太可惜了」。「你沒看到我的腳嗎？」。「那又怎樣？」……

我們就這樣一路聊下去，我知道他在台大心理研究所念書，他要在我前面一站下車，下車前他給了我一個名字和一個電話，「如果你沒死，一定要打電話給我；如果死了，我也祝福你，自殺成功。」

到了福山，冷風颼颼，我的心開始動搖了：「我要死嗎？」、「我真的那麼想死嗎？」、「我非死不可嗎？」

一念之間，我忽然覺得自己應該要回家。

我回來了，卻忘了那個人和那支電話，五年後，我準備要搬家，從一本書中掉出一張紙片，上面是他的名字和電話，覺得欠他一個謝謝，便撥了號碼，沒人接，再撥，也沒人接，最後再打一次，快午夜十二點了，有人接起電話便說：「妳是丁美倫嗎？我等這電話等五年了——」

他說他只把這電話給了一個人——我，這五年間他出國念書，在國外工作，剛好回來台灣，一直沒換電話，就覺得我一定會打電話給他。

他成了我的男朋友，我們交往了幾年，其間還有人用「那個小兒麻痹的女人不配和你在一起」這種理由來橫刀奪愛，後來他在美國發生重大車禍，兩位同車朋友當場死亡，他沒有外傷，車禍後還急忙託人打電話找到我，確定與我聯絡上之後，眼睛一閉便走了。

有人說男人對拄著柺杖的女生有一種特別的好奇，甚至會想像進入她們身體的感覺。

所以我因此差一點被計程車司機強暴，當時夜色已深，我被他載到河堤，我想他是要在車內強暴我，拉拉扯扯之間，他碰到了我的支架。「這可以脫嗎？」他問。

「不可以！」我大聲尖叫。

我猜他或許感覺像碰到了機器人，冰冰冷冷，忽然生氣的喊：「妳下車」。

我倉皇下車，剛好碰到一個守望相助巡邏員，重返人間。

經過不斷的治療，現在的我只用一副支架，當時我的狀況很嚴重，必須穿兩副到腰桿的支架。

後來我開始工作，職場上總是不斷有男同事問我：妳的支架可以脫嗎？妳的支架可以脫嗎？

據說正常男人對身心障礙女生懷有強大的同情心。同情、好奇與愛情，糾纏不清。

◎他們

是她第一個把「性」放進我的意識裡。

她是我朋友，大我一歲，和我一樣得了小兒麻痺，有一次我到她家，看見她書桌前貼了一張表，上面寫一串男人的名字，後面則標記各種不同的顏色，藍的綠的紅的……

「這什麼意思呢？」我忍不住好奇問。

「上過床的就畫紅色，擁抱過的藍色，親吻過的紅……」她回答起來一派自然。

「妳這是——」我腦中想到的是「賣身」兩個字。

她似乎看透了我的心思，繼續解釋：「我們身心障礙女孩子也是女人，何況我也長得不錯，為什麼不能去追求想要的？」

那時我還很年輕，二十出頭，閉塞得很，而且以為不會有男人會想要和身心障礙的女孩子做愛。

她卻告訴我完全相反的事：很多男人，正常的男人噢，反而對我們這樣的女孩子充滿了憐惜、同情，還有好奇。

那是我第一次接受關於性的震撼教育，但在一個男人面前把支架脫掉，我覺得我還是做不到，至少還沒有遇到這樣一個能夠讓我拋開障礙的男人。

後來我的閱歷不斷增加，談了戀愛，結識更多男女朋友，加上工作關係深度採訪過各種障別的人，我發覺她的說法有幾分真確。

身心障礙者因為渴望與壓抑，性的想像有時反而更強烈，用想像點燃慾望，這想像和慾望或者會轉移到工作，到創作，也可能召喚出超乎正常的性需求，以證明自己的存在。

在情趣玩具網站上，我知道很多購買者都是身心障礙朋友，有一天我的一個肢障女朋友就向我展示她郵購的電動陰莖，「拜託，自己解決就好了，我們何必為了喝牛奶去養一隻牛？」

身心障礙者和非身心障礙者之間，似乎沒有太多的不同。

◎

二十九歲，我終於遇到了一個讓我自然而然脫下支架的男人，我結婚了，現在有兩個女兒。

他從來沒有把我當成身心障礙人士看待，這是我婚前所期望的，卻也是我婚姻衝突的導火線。除了煮飯（謝天謝地他肯煮飯），所有的家事全部由我包辦，有一次我把健康的腳跌斷了，打上石膏，但我這人有潔癖，受不了地板髒，只好奮力用石膏腳爬來爬去拖地，而他好端端的坐在沙發上說「這地板不髒丫」，完全沒有幫忙的意思。

生二女兒時，她哭鬧不停，我吃力的抱起她哄騙，你知道肢障者抱小孩有多困難嗎？但做爸爸的只會嫌吵，一點也沒有接手的意思。

到底我能做多少，他又該做多少呢？這尋常夫妻之間的爭執，似乎更嚴酷的考驗身心障礙者的婚姻。往好的一面想，他根本把我當正常人看，所以在他面前脫掉支架就成了一件自然的事，除了他，我想我在其他人面前都做不到。

◎不可思議的愛與恨

我不太相信自信可以克服一切，但沒有了自信和正面的力量，每一個人都是程度不等的身心障礙，而重殘的她就是憑著不可思議的自信，建立了一個家。

她是一位口足畫家的妻子，全身上下只有三根手指頭是靈活的，非常嚴重的殘障。他們相識相愛，決定結婚時，口足畫家的老父親大力反對：「我兒子已經沒有手了，妳癱在輪椅上，你們怎麼可能結婚？」

「你兒子沒手，我有三根手指頭。」她這麼對老人家說。

事實證明她沒有錯，她不但生了小孩，自已照顧小孩，還能煮飯、做代工，一直到丈夫收入慢慢好轉。

但那畫面說來辛酸，他們住在小閣樓，每天要上樓睡覺前，丈夫得把妻子綁在身上，慢慢爬上去，接著再下來把女兒用嘴巴叼上去。兩人騎摩拖車時，也必須把她綁在車上，否則她會掉下去。

「你們怎麼生小孩？」有一次我忍不住好奇問她。

「妳又怎麼做？」她這樣反問我。

我仍舊猜不出來他們如何辦事，只確定她是一個心裡有太陽的，非常勇敢的女人。

男人呢？同樣脊椎損傷，全身癱瘓的男人，他們的另一半很多都是協會專業社工員，這樣的例子我至少知道五對。

「他全身都不能動，怎麼做？」我問過他們的妻子之一。

「你以為做愛是全部嗎？」那位妻子反問。

「當然不是全部，但我好奇。」我再問。

「他們不是不能做，受到刺激的話，還是可以勃起，只是他們不知道，沒有感覺。」妻子進一步解釋。

身體需要養分，就算不感覺到餓，還是要吃東西，我想沒有感覺的性大約就是這樣，做愛不單只是為了獲得快感，它還有具有更深層的意義。

就有一個罹患脊椎癌的妻子，她的脊椎佈滿了癌細胞，連上廁所都得一直拍打才能排尿，做愛當然不可能有感覺，可是為了丈夫，她已經練就到靠著注視丈夫表情的變化就可以發出配合的嗯啊聲，他知道她沒有感覺，她知道他想要做愛，因為愛，她甘心情願。

也有人一直活在陰鬱中，慢慢枯萎。

她是一個每個人見到都會發出讚歎的大美女，大我五歲，肢體殘障得嚴重，當她撐著兩根枴杖一步一步邁進，每跨出一步都讓人擔心下一步就要撲倒，看見這樣的畫面，沒有一個男孩能不對她伸出手。

在外面，大家都說她的個性像天使，沒有人不喜歡她。

但我和她越熟，越是看到另外一個不同的她。在家裡的她完全像另一個人，是頤指氣使的女皇、女暴君，水果明明擺她面前，她會指使說「哥，切一塊給我」，也經常在浴室大呼小叫：「媽，把我的洗髮精拿來」，總而言之全家人都得小心翼翼侍候她。

我十三歲就離家，個性獨立，少有事情是我覺得自己做不來，需要別人幫忙的，就算做不來我也會勉強去做，這使我很難忍受她的任性和囂張。

「對不起，我不和妳做朋友了，就算身體有病，怎麼可以這樣對待家人？」

「好，丁美倫，妳要知道嗎？」

她把我帶到房間，脫掉衣服，露出一條像蜈蚣一樣的手術疤痕，她的脊椎開過刀，整個脊椎呈S型側彎，而且左手還因為殘障的關係，只有右手的一半細，這一輩子除了在家人面前她沒有穿過短袖。

「我沒有辦法走出自己，丁丁，你怎麼能體會我呢？你很幸運，長得不錯，只是腳有點變形，男孩子也願意正常和你交往，對我只有同情、可憐，沒有人要和我交往，抱我，我更沒有勇氣在男人面前脫掉衣服！」

我看著她扭曲的背脊，心想如果我是她，我會和她一樣把對命運的憤怒丟給家人嗎？我會活得比她更好嗎？

我不知道。

我知道她真正渴望的是做愛，她想要做愛，就算只有一次也好。

還有更悲傷的故事。因為家裡開貿易公司，她就在自家做會計，從小家裡只要有客人來，或者後來哥哥結婚，就會聽到有人大呼小叫：「你快去躲起來」，擺明家裡有一個這樣的孩子是見不得人的事。

「你結婚了，好羨慕你！」有一天她對我說。

姑且不論我的婚姻好不好，因為我結婚了，而且和一個正常的男人結婚，光是這件事就讓我身心障礙圈的朋友們羨慕不已。

後來她家的公司收了，但她手邊還有一點錢足以養老，便和一個大她十多歲的計程車司機在一起，之後那男人連車都不開了，住她的吃她的喝她的。

「你何必呢？」我們經常苦苦勸她。

「你不知道，他對我很好，從來沒有男人願意親我、抱我……」她甘之如飴。

後來實在撐不下去了，她只好出去打零工，每個月賺一萬多，男人只負責接送，還是不肯開計程車。

沒有人不渴望被擁抱，被愛撫。身心障礙圈中，不知有多少女人為了愛，或說為了性，被騙到一身精光，下場淒涼，但終其一生沒有交過男朋友的人更多，「不可能的事」，她們一開始就不抱希望，封閉自己，拒絕受傷，像二十歲以前的我。

◎幸福的婚姻？

身心障礙的女人經常受別有居心的男人騙，那麼身心障礙男人是不是比較容易博得女人的同情，以及愛？

我訪問過幾位事業有成的身心障礙人士，他們都娶了正常的妻子，表象上擁有一個幸福美滿的家，但真的幸福美滿嗎？答案和正常人的婚姻一樣，十對中恐怕只有一對真正的幸福美滿，另有一半以上，幸福美滿來自丈夫的百般忍耐。

有一位十年前年薪便破三百萬元的證券營業員告訴了我他婚姻的真相——他的肢體殘障十分嚴重，放掉枴杖一步也不能行，當時是妻子主動追求他，他們婚後搬進了豪宅，主臥室便有十幾二十坪大，每當妻子把地板拖乾淨，便不准丈夫拄著枴杖或推輪椅進來，怕留下痕跡，所以他必須用爬的。半夜若小孩哭，起來沖牛奶的人也是他，因為要用兩手推輪椅，所以只能把奶瓶夾在兩腿間，以致大腿被常燙傷。

「為什麼不離婚？」我問他。

「大家都說我們是一對恩愛夫妻，妻子多麼照顧我……」他給了我一個不像回答的回答。妻子還常以不做愛來威脅他。

我可以猜想，在年復一年的婚姻生活之後，妻子必然會開始抱怨丈夫的性能力不夠強，不夠持久，不夠狂野，而她則配合、將就的太多也太累，已經不想再繼續了。

不對等的性，不對等的關係，婚姻就失去了平衡。

最後他們還是離婚了。

性是婚姻的重要元素，卻也可以如浮雲輕煙，我不知天底下有多少無性但和樂的夫妻，但我認識一對真正的無性夫妻，他們兩人都是肢體障礙者，生活在一起，相互扶助，也都寄情於宗教。

當性消失，愛的感覺還是可以延續吧。

◎

《性義工》呈現了一個距離台灣社會非常遙遠的世界，一個讓人落淚的異境，它觸動我的回憶，也讓我想起太多發生在身邊的故事，關於我和我的身心障礙朋友們，而我說出來的不過是千分之一、萬分之一。

太多的主張都說，性，那是一個不能碰觸的問題，不能揭開的封印，身心障礙者只要能夠生存，只要活著就是上天的恩寵了。

現在我們卻知道事情不一定是這樣，很多故事沒有被說出來，被遮蓋了，我們有權利作為性的個體。

但我想問的是，假設性的需求被喚醒，面對各種不同障別的人，我們的社會能夠做什麼呢？如何理解和對待？會有人願意成為性愛義工嗎？

我們的社會顯然沒有準備好，《性義工》不過是一個微小的呼喊，祈求社會的回應，這就足夠了。

主要參考文獻

◆《殘障者開始談論戀愛與性愛》 殘障者的生與性研究會編著 KAMOGAWA出版
◆《讓智障者的戀愛與性愛發出光芒》 殘障者的生與性研究會編著 KAMOGAWA出版
◆《一路走來殘障者的戀愛與性》 殘障者的生與性研究會編著 KAMOGAWA出版
◆《殘障者的性 朝向性愛正常化的目標》 谷口明廣編 明石書店
◆《殘障者的性與結婚——來自美國的性愛諮商》 平山尚著 MINERUVA書房
◆《我們必須相愛——與殘障者的性交》 哀尼爾恩比著、藤井惠美翻譯 現代書館
◆《殘障者的性愛與婚姻生活報告書——發生在英國實例研究》 安妮克拉夫特、麥克克拉夫特合著、飯島十郎主編、田谷雅夫翻譯 瑞穗社
◆《人間性愛——健康篇》 南茜・F・伍茲編著、稻岡文昭、小玉香津子、建石Kiyomi、加藤道子翻譯 日本看護協會出版會
◆《實地視察的經驗》 好井裕明、櫻井厚編著 SERIKA書房
◆《圖解式養護學校的性教育事典》 長崎殘障兒童性教育關心協會著 明治圖書出版

◆《殘障兒童與性——青春期的實況》 服部祥子編著 日本文化科學社
◆《脊髓損傷者的性愛與分娩指南》 （財）勞災年金福祉協會編 三輪書店
◆《未成年殘障者的性與性教育》 「人間與性」教育研究協議會編著 AYUMI出版
◆《維護殘障者的性愛權力》 「人間與性」教育研究協議會編著 大月書店
◆《我們的愛情都是為了做愛嗎？——為智障者而寫》 大井清吉主編、巫拉安德遜、畢爾吉特愛倫特合著、直井京子翻譯 社會評論社
◆《聊一聊性愛——為智障者而寫》 大井清吉、細川EMIKO主編、艾薇科貝利、伊凡佛克遜合著、河東田博、河東田誠子翻譯 大揚社
◆《有關智障者的職業與生活調查》 NHK厚生文化事業團主編
◆《療癒性愛之旅 我喜歡我的輪椅》 安積遊步著 太郎次郎社
◆《輪椅上的宣戰》 安積遊步著 太郎次郎社
◆《坐在輪椅上喝咖啡到天亮》 小山內美智子著（NESUKO）
◆《來自輪椅的秋波——腦性麻痺媽媽所拼湊的愛與性》 小山內美智子著（NESUKO）
◆《新版 我是女人》 岸田美智子 金滿里編 長征社

◆《染上真理子的色彩！女性殘障者生活在街上的時候》　津野田真理子著　千書房
◆《僅僅五公分的障礙》　熊篠慶彦著（WANIPUKUSU）
◆《殘障者》　後藤安彥著　現代書館
◆《殘障者如何生存？——戰前戰後殘障者運動史》　杉本章著　Normalization planning
◆《歷史與文化面的殘障者》　松尾智著　明石書店
◆《優生學與人間社會——生命科學的世紀究竟會走向何處》　米本昌平、松原洋子、橳島次郎、市野川容孝合著　講談社現代新書
◆《優生保護法所犯下的罪行——被奪走孩子的人現身說法》　要求優生手術謝罪協會編著　現代書館
◆《日本人的性》　石川弘義、齊藤茂男、我妻洋合著　文藝春秋
◆《性愛》　井上輝子、上野千鶴子、江原由美子編著　岩波書店
◆《性的權力——人類最後的人權》　山本直英編著　明石書店
◆《性愛的歷史社會學》　赤川學著　勁草書房
◆《看護與性——來自人類的性愛觀點》　武田敏、川野雅資著　看護的科學社

◆《老年期的性》　大工原秀子　MINERUVA書房

◆《親密性的改觀——近代社會的性愛觀、愛情、色情》　安索尼吉登茲著、松尾精文、松川昭子譯　而立書房

◆《性的倫理學》　伏見憲明著　朝日新聞社

◆《越境知I　身體甦醒》　栗原彬、小森陽一、佐藤學、吉見俊哉編著　東京大學出版會

＊附帶一提的是，竹田芳藏先生（匿名）的生平與詩歌都經過他本人同意刊登，並參考他所出版的書籍而寫，而且應他本人的要求，本書採用匿名的方式，並不公開他真實的身份。

國家圖書館預行編目資料

性義工 / 河合香織原著; 郭玉梅譯.一
初版.一臺北縣新店市：八方出版,2007.12
面; 公分.---
ISBN 978-986-7024-60-2 (平裝)

1.心靈健康 2.報導文學 3.性學文學 4.身心障礙者 5.日本

861.6 96020580

Why 30
性義工
——第一部探討身心障礙者「性」的真實故事

作 者 / 河合香織
譯 者 / 郭玉梅
責任編輯 / 王雅卿
美術設計 / 劉亭麟
內頁排版 / 菩薩蠻電腦科技有限公司

發 行 所 / 八方出版股份有限公司
地 址 / 臺灣台北縣231新店市寶橋路235巷6弄6號4樓
電 話 / (02)2910-7770 傳 真 / (02)2910-9573
E-mail / bafun.books@msa.hinet.net
郵政劃撥 / 19809050 戶名 / 八方出版股份有限公司

總 經 銷 / 農學股份有限公司
地 址 / 臺灣台北縣231新店市寶橋路235巷6弄6號2樓
電 話 / (02)2910-7770 傳 真 / (02)2910-9573

港澳地區總經銷 / 豐達出版發行有限公司
電 話 / (852)2172-6513 傳 真 / (852)2172-4355
E-mail / cary@subeseasy.com.hk
地 址 / 香港柴灣永泰道70號柴灣工業城第二期1805室

定 價 / 新台幣280元
I S B N / 978-986-7024-60-2
初版一刷 2007年12月